사연을
읽어주는
여자

o

사연을
읽어주는
여자

조유미 글
빨간고래 그림

그 . 사람이 . 나를 .

아프게 . 한다

아우름

작가의 말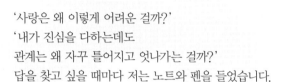

'사랑은 왜 이렇게 어려운 걸까?'
'내가 진심을 다하는데도
관계는 왜 자꾸 틀어지고 엇나가는 걸까?'
답을 찾고 싶을 때마다 저는 노트와 펜을 들었습니다.

사람을 만나고 사랑할 때면,
미련스러울 만큼 고민을 많이 했고
그 고민이 모여 문장이 되었고
그 문장이 모여 한 권의 책이 되었습니다.

이 책의 제목을 보고 어떤 사람이 떠올랐다면,
이 책을 읽고 그 사람이 그리워졌다면,
아마 당신도 한때 누군가를
지독하게 사랑했던 적이 있는 것이겠죠.

사랑과 사람 때문에 열심히 아파하고 있는
모든 이들에게 이 책을 바칩니다.

2016년 6월
조유미

* 이 책의 저자 인세 중 절반은 초록우산 어린이재단에 기부합니다.

CONTENTS

3부 **왜 나는 너여야만 할까**

4부 **기대를 지우고 실망을 감추며 난 다시 너를**

사랑하고
잊어가는
과정에 대하여

1 부

아직 너를 잊지 못했기에 제자리에 머물러 있다 · 이별도 연애의 과정임을 · 자존감 낮은 연애를 한 뒤 남은 건 자책뿐이었다 · 솔직히 나 너무 아프다 · 나의 우주가, 나의 세상이 부서진 날에도 나는 괜 찮은 척 일했다 · 아직도 잊지 못해서 아파요 · 허공에 수많은 질문을 던진다 · 그리움이 왈칵 쏟아지 는 날 · 연락해서 미안해 · 이런 게 이별이라면 하고 싶지 않다 · 힘들 때 울어도 돼 속상할 때 울어도 돼 · 괜한 기대는 나만 아프게 할 뿐이다 · 그 사람의 상태메시지에 온갖 의미를 부여하지 말자 · 이젠 안부조차 묻지 못하는 당신에게 · 아주 잠깐 내 사람이었던 사람에게 · 코끝을 맴도는 향기 · 사소했 던 것들이 와닿아서 · 힘들어도 잊고 싶지는 않다 · 아픈 손가락 · 우리 사이는 점점 차가워진 다 · 아프지 않은 기억이 되기를 · 나는 네가 행복하지 않았으면 좋겠다 · 당신은 나의 전 부였고 나는 당신의 일부였다 · 시간이 흘러야만 해결되는 것 · 아무리 바쁘게 살아가도

아직 너를 잊지 못했기에
제자리에 머물러 있다

하루는
잊을 수 있겠다가

또 하루가 지나면
못 잊을 것만 같다.

하루는
괜찮아졌나 싶었는데

또 하루가 지나면
참을 수 없이 힘들다.

그러다가 결국,
발걸음이 그 어디로도
떨어지지가 않는다.

앞으로 나아가지도,
뒤로 물러서지도 못하고 있다.

이별도
연애의 과정임을

헤어지고 나서 다시 연락하고 싶은 순간이
꼭 한 번은 찾아온다.

딱 그 한 번만 참으면 된다.

한 번 참으면 그다음도 참게 되고
그다음도, 또 그다음도 참을 수 있게 된다.

고비가 올 때마다 한 번, 두 번 연락하기 시작하면
무너지고, 또 무너지고 계속 무너지게 된다.

이별도 연애의 과정이다.
참고 견뎌내라.
어차피 예전으로 돌아갈 수 없다는 사실을
알고 있지 않은가.

자존감 낮은 연애를 한 뒤
남은 건 자책뿐이었다

나를 딱 그 정도밖에 생각하지 않는
그 사람을 미워했다가

그 사람에게 그 정도밖에 되지 않았던
나를 더 미워하게 된다.

내가 조금 더 매력적이었다면
나를 더 좋아하게 만들었다면

그 사람의 마음이
조금이라도 달라지지 않았을까.

내가 못나서 이렇게 된 것 같아
자책만 하게 된다.

솔직히
나 너무 아프다

죽을 만큼 힘들진 않지만 마음 한구석이 아프다.
낮에는 정신없이 웃고 떠들어도
밤에는 한없이 우울해진다.

하루종일 바쁘게 지내다보면 네 생각이 안 날 때도 있지만
이불을 덮고 누우면 내 마음은 온통 너로 덮여서
잠을 이루지 못한다.

날씨는 또 왜 이렇게 좋은지,
사람들은 왜 이렇게 행복해 보이는지.

고개를 떨어뜨리는 일이 잦아졌고,
한숨을 쉬는 일이 많아졌다.

이별을 묵묵히 견뎌내고 싶어서
그 누구에게도 말하지 못했지만

솔직히 나,
너무 힘들다.

나의 우주가, 나의 세상이 부서진 날에도 나는 괜찮은 척 일했다

이별 뒤에 괜찮은 사람은 없다.
괜찮은 척하는 것이다.
힘겨운 짐을 지고 있으면서도 티를 내지 않는 것뿐이다.

나의 우주가, 나의 세상이 부서졌다고 해서
해야 할 일이 없어지는 것도 아니며,
내 일을 누가 대신해주지 않기 때문이다.

나의 하루가, 나의 오늘이 슬픔으로 가득 찼다고 해서
나 아닌 누군가가 내 마음을
완벽히 알아줄 리가 없기 때문이다.

그래서 그냥 괜찮은 척,
아무렇지 않은 척하는 것이다.

아무리 힘들다고 얘기해도
달라지는 것은 없기 때문이다.

아직도
잊지 못해서 아파요

당신과 헤어졌다는 말에
주변 사람들이 걱정하더라고요.

당신을 벌써 다 잊었다고 했어요.
이젠 괜찮다고 말했어요.
서로 안 맞아 헤어진 거라서
이젠 별로 그립지 않다고 했어요.

그런데 그거,
다 거짓말이에요.

어설픈 위로가 숨막힐 것 같아
애써 내 마음을 숨겼어요.

나는 아직도,
당신을 많이 그리워해요.

당신을 잊지 못해서
오늘도 아파요.

허공에
수많은 질문을 던진다

네가 내 사람일 때에는 흔하디 흔했던 것들이
네가 남이 되고 나니까 특별하게 느껴진다.

지금은 이토록 간절한 것들인데,
그때는 왜 고마워하지 않았을까.

밥은 잘 챙겨 먹고 다니는지, 어디 아픈 곳은 없는지.
이젠 가벼운 안부조차 묻지 못하는 사이가 되었으면서
너의 하루를 채우는 사소한 일상들을 궁금해한다.

추억 속의 너를 내 앞에 앉혀놓고
허공에 수많은 질문을 던져본다.
이렇게라도 하면 언젠가는 네가 대답해줄 것 같아서.

그리움이 왈칵
쏟아지는 날

억지로 잊으면 뭐해.
툭하면 다시 생각나는데.

그때의 추억과 비슷한 무언가가
스쳐지나가기만 해도 아픈데.

그리움이 왈칵 쏟아지는 날이면
아무것도 할 수가 없는데.

겨우 잊으면 뭐해.
쿵 하고 심장이 내려앉는데.

너와 비슷한 모습만 봐도
그 뒷모습을 놓지 못하는데.

서러움이 울컥 쏟아지는 날이면
움직일 수조차 없는데.

연락해서
미안해

있잖아,
나 오늘 너무 힘들었어.

그런데 당신 목소리가 너무 듣고 싶은 거야.
절대 연락하지 않겠다고 굳게 다짐했는데
자꾸 핸드폰에 눈길이 가는 거야.
당신 목소리라도 들어야 살 것만 같은 거야.

이기적이라는 것을 알면서도 당신에게 연락을 했어.
"응."
안 받을 줄 알았던 내 전화를 받으니까
그렇게 듣고 싶었던 당신 목소리를 들으니까
아무 말도 못하겠는 거야.
당신에게 하고 싶은 말이 정말 많았는데
그냥 눈물부터 왈칵 쏟아져나오는 거야.

아무것도 묻지 않아서 고마워.
그냥 내 울음소리를 듣고만 있어줘서 고마워.
다 울 때까지 기다려줘서 고마워.

헤어진 지 꽤 지났는데
아직도 나는 당신이 필요한가봐.

내 생각만 해서 미안해.
이기적이라서 미안해.
잘 지내던 당신에게 연락해서 미안해.

이런 게 이별이라면
하고 싶지 않다

이때까지 잘 참고 있었는데 울음이 터져버렸다.
고개를 숙인 채 방으로 들어가서
이불에 얼굴을 묻고 울었다.
겨우 참았던 눈물이 한꺼번에 쏟아졌다.

네가 너무 보고 싶었다.
마음이 부서지는 것 같았다.

들이쉬는 호흡이 가빠졌다.
참았던 울음소리가 흘러넘쳤다.

너 하나밖에 몰랐던 나에게 이별은 너무 잔인했다.
사랑을 알게 된 것도 싫었고, 이별을 알게 된 것도 싫었다.

지우개로 지울 수만 있다면
박박 문질러서 닦아내고 싶었다.
사랑하는 사람과 헤어지는 게 싫어서
누군가를 사랑하는 것도 싫어졌다.

아름다웠던 추억에 가시가 돋아서 내 마음을 아프게 했다.
이런 게 이별이라면 다시는 하고 싶지 않다.

힘들 때 울어도 돼
속상할 때 울어도 돼

마음껏 울어.
지칠 때까지 울어.
최선을 다해서 울어.
온 힘을 다해서 울어.

눈물을 쏟으면서 아픔이 쌓여 있는 마음을 비워내.
울음을 참아야 될 이유는 그 어디에도 없어.

힘들 때 울어도 돼.
속상할 때 울어도 돼.
그렇게 훌훌 털어내고 다시 일어나면 돼.

포기하려고 우는 게 아니라, 다시 일어나려고 우는 거야.
그러니까 꾸역꾸역 삼키지 말고 모두 다 뱉어내.

괜한 기대는
나만 아프게 할 뿐이다

'혹시나' 하는 그 마음은
없어지지가 않는다.

그 사람도 나처럼 망설이며
연락을 못하고 있는 건 아닐까.

조금만 더 기다리면
그 사람이 돌아오지는 않을까.

어렵게 만난 인연인데
쉽게 끊어질 리는 없지 않을까.

하지만 괜한 기대는,
나만 아프게 할 뿐이다.

변하는 것은
아무것도 없다.

내가 그 사람을 보내지 못한 것이지
그 사람이 나를 보내지 못한 것은 아니니까.

그 사람의 상태메시지에
온갖 의미를 부여하지 말자

우리 이제 그만하자.

아무 의미 없는 그 사람의 카카오톡 상태메시지에
온갖 의미를 부여하며 해석하지 말자.

페이스북에 들어가 굳이 그 사람의 이름을 검색해서
애인이 생겼나 안 생겼나 찾아보지 말자.

인터넷에서 오늘의 운세를
내 것과 그 사람 것까지 찾아보며
그 운세가 맞기를 간절히 바라지 말자.

그 사람은 이미 당신을 떠난 사람이다.

당신에게 올 사람이었으면
진작 돌아오고도 남았을 시간이다.

이제 그만할 때도 되었다.

이젠 안부조차 묻지 못하는
당신에게

오지 않을 사람을 기다리고 또 기다린다.
네가 없는 지금, 나는 너무 불행하다.

우리가 다시 만나지 못할 사이라는 것을 잘 알지만
언젠가는 너도 나도 다른 사람을 만나겠지만
그래도 혹시나 어떤 계기로 너랑 다시 만나서
손을 잡을 수 있겠다는 생각이 문득 스며든다.

나는 이렇게 지내는데, 너는 어떻게 지내고 있을까.
너무 궁금한데, 이젠 안부조차 물을 수도 없다.

아주 잠깐
내 사람이었던 사람에게

어쩌면 내 것이 될 수 없었을지도 모르는 그 사람을
내 것이라고 말할 수 있었던 시간들이
존재했음에 감사해야겠지.

어쩌면 단 한 번이라도 스치지 못했을 그 사람과
수많은 우연이 겹쳐 인연을 맺고,
추억을 쌓을 수 있었음에 감사해야겠지.

지금은 서로 마주볼 수조차 없는,
남보다 못한 사이가 되었더라도

내가 그토록 바라던 사람이었으니
내가 간절히 원하던 사람이었으니
내 곁을 떠난 그 사람일지라도 원망하지 말아야지.

코끝을
맴도는 향기

나의 코끝을 맴도는 그 사람의 향기가 좋았다.
어떤 단어로 정의할 수 없는,
그냥 기분이 좋아지는 향기였다.

그 사람이 지나갈 때면 자연스럽게 향기가 맡아졌다.
그래서 눈으로 보지 않아도
내 주위에 있음을 느낄 수 있었다.
그 사람이 곁에 없어도 그 향기가 떠올랐다.

그때 나는 깨달았다.
내가 그 사람을 좋아하고 있다는 것을.

서로의 향기를 그리워하는 것,
그것이 나에게는 사랑이니까.

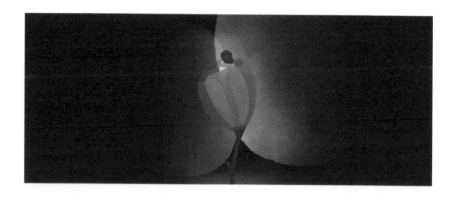

사소했던 것들이
와닿아서

너와 사이가 멀어지고 나니,
오히려 사소했던 것들이 와닿아서 나를 더 아프게 한다.

바람이 선선하게 불던 오후에
너와 손을 잡고 걸을 수 있었다는 것.
좋아하는 음식을 두 가지 주문해서
둘이 나눠먹을 수 있었다는 것.
하루를 마무리하며 잠들기 전에
잘 자라는 말을 건넬 수 있었다는 것.

사귈 땐 특별하지 않았던 것들이
헤어진 뒤에는 특별하게 다가와서
겨우 다잡았던 내 마음을 다시 흔들리게 만든다.

그때 그 사소했던 것들이
이렇게 소중한 것인 줄 알았더라면
그 순간마다 고마워하며 더 잘해줬을 텐데.

이제야 깨닫고 잘해주려고 해도
이젠 네가 내 곁에 없는데.
너무나도 아쉽다.

힘들어도
잊고 싶지는 않다

막상 떠오르면 힘든데
그렇다고 잊고 싶지는 않다.

미련이든 그리움이든
그 어떤 것이든 좋으니까

아직은 그냥 이 감정 그대로
간직하고 싶다.

그동안 함께해온 시간이 있는데
너무 빨리 지워버리면 아까우니까

함께 찍었던 사진도
한 번씩 훑어보고

애틋하게 주고받았던
편지도 한 번씩 읽어보고

그렇게 한 번씩 다 담아내고
그러고 나서 잊을게.

아픈
손가락

그 사람이 나의 마지막 연인이기를 바랐다.
스쳐가는 사랑이 아니라 머무르는 사랑이길 바랐고
어리숙했던 지난 연애와는 다르기를 바랐다.
그만큼 소중했고 애틋했고 놓치기 싫었다.
그만큼 나는, 그 사람을 사랑했다.

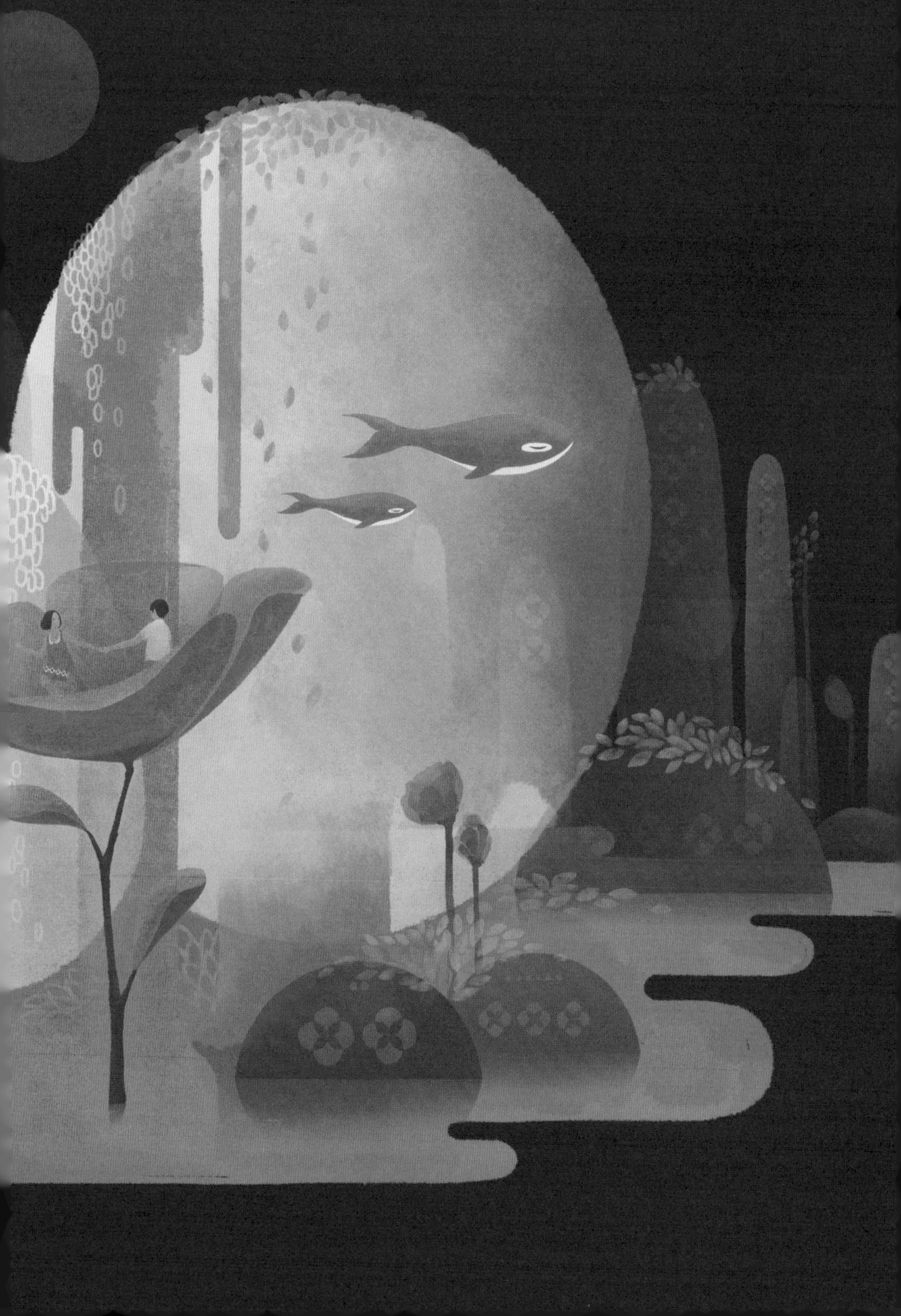

그래서 그 사람은 내게 아픈 손가락이었다.
항상 신경쓰였고 혹시나 덧날까봐 걱정되었고
깨질까봐 무서웠다.
그렇게 지키려고 애쓰다보니
나도 모르게 그 사람을 많이 사랑하게 되었다.
내 마음이 점점 불어나서
나 자신을 집어삼킬 만큼 커졌다.

특별할 줄 알았던 우리의 연애도
시간이 지나면 지날수록 흔한 연애가 되어가고 있었다.
다투는 시간이 더 길어졌고, 우는 날이 더 많아졌다.
그 사람은 점점 지쳐갔고,
지쳐가는 그 사람을 보며 나도 따라서 지쳐갔다.

그래도 나는, 그 사람의 손을 놓을 수가 없었다.
아무리 다퉈도, 아무리 울어도
우리가 행복했던 기억은 흐려지지 않았기 때문이다.
오히려 때로는 그 기억이 더 선명해져서 슬퍼지기도 했다.
행복했던 그때로 다시 돌아가서 그 사람과 마주보고
그 사람에게 안겨서 그 사람의 목소리를 듣고 싶었다.

하지만 나는,
차마 놓기 싫었던 그 손을 놓을 수밖에 없었다.
그 사람에게서
나를 떠나고 싶어하는 모습이 보였기 때문이다.
우리 사이가 언제 끝나도 어색하지 않을 만큼
벼랑 끝에 서 있는 듯한 기분이었고
서로가 서로에게 상처만 입히는 말이 오고갔다.

차라리 내가 없는 것이 더 낫겠다고
그 사람이 내게 말했다.
이런 내가, 지겨워졌다는 듯한 목소리로
아프게 말했다.
울고 있는 내 모습마저도 귀찮게 느껴졌는지
얼른 전화를 끊고 싶어했다.
어떻게든 지금 이 상황을 피하려고만 했다.

나는 그 사람에게 더이상 필요 없는 존재가 되어버렸다.
힘이 되는 존재가 아니라 짐이 되는 존재가 되어버렸다.
내가 그 사람 곁에 있는 것이 미안한 일이 되어버렸다.
인연을 이어나가야 할 이유가 그렇게 사라져버렸다.
마지막이길 바랐던 연애를 끝낼 수밖에 없었다.

최선을 다해 그 사람을 사랑했기에 후회와 미련은 없다.
그래도 가끔씩은,
그 사람과 마주보고 그 사람에게 안겨서
그 사람의 목소리가 듣고 싶을 때가 있다.
그 사람은 내게 아픈 손가락이었으니까.
하지만 그 감정을, 억지로 누르고 싶은 마음은 없다.

겨울이 지나 다시 봄이 오는 것처럼
그렇게 그 사람이라는
계절이 지나가기를 기다릴 뿐이다.
지금 이 자리에 서서.

우리 사이는
점점 차가워진다

날씨는 점점 따뜻해져오는데
우리 사이는 점점 차가워진다.

얼었던 호수도 녹아가는데
우리 사이는 점점 얼어붙고 있다.

곧 있으면 봄이 오는데
우리 사이는 겨울이 되어간다.

길가에는 꽃이 피어나는데
우리 사이는 모든 게 떨어진다.

세상은 모든 것을 시작하고 있는데,
너랑 나는 모든 것을 끝내고 있다.

아프지 않은
기억이 되기를

아무것도 안 하고 있을 때 문득 네 생각이 나는 걸 보면
너를 잊기에는 아직 멀었구나 한숨부터 나온다.
다시 네가 그리워지고 추억에 잠긴다.
좋았던 기억과 안 좋았던 기억을
모두 곱씹으며 푸념하게 된다.

어차피 우리는 헤어졌는데
이젠 돌이킬 수가 없는데
어쩌자고 너는 자꾸 기억 속에서 헤집고 나와
나를 힘들게 하는 걸까.

다시 만날 수 있는 것도 아니면서
내가 그리운 것도 아니면서
어쩌자고 너는 자꾸 내 마음속에서
쿵쾅거려 나를 슬프게 하는 걸까.

가끔씩 생각나더라도
아프지 않은 기억으로 남기를 바랄 뿐이다.

나는 네가 행복하지
않았으면 좋겠다

나는 네가 행복하지 않았으면 좋겠다.
어딜 가든지 무얼 먹든지 무슨 일을 하든지
그 순간마다 우리의 추억이 떠올라서
내 생각이 났으면 좋겠다.

내 생각이 날 때마다 너무 힘들고 벅차서
버티고 버티다가 결국 견디지 못해서
나한테 다시 연락해줬으면 좋겠다.

뭐하고 지냈냐고, 잘 지냈냐고,
너는 힘들지 않았냐고, 나는 많이 힘들었다고.
어떤 말이라도 좋으니 나에게 연락해줬으면 좋겠다.

네 목소리가 너무 듣고 싶다.
네 얼굴이 너무 보고 싶다.

당신은 나의 전부였고
나는 당신의 일부였다

너는 하늘이었고,
나는 구름이었다.

너는 나 하나쯤 없어도 푸른 하늘 그대로였지만
나는 네가 없으면 존재할 수가 없었다.

나는 너 때문에 감정이 늘 왔다갔다했다.
어느 날은 비가 내렸고,
어느 날은 눈이 내렸다.
어느 날은 화창하기도 했고,
어느 날은 햇빛 한줌 닿지 않았다.

너는 내가 없어도 아무렇지 않지만
나는 네가 없으면 숨조차 쉴 수 없었다.

너는 내 전부였고, 나는 네 일부였다.

시간이 흘러야만
해결되는 것

종이에 살짝 긁힌 상처도 아물기까지 시간이 걸리는데
사람에게 받은 상처를 지우려면
더 많은 시간이 필요하겠지.

어딘가에 무릎을 살짝만 부딪혀도
시퍼렇게 멍자국이 남는데
사람에게 치인 아픔을 지우려면
더 많은 시간이 필요하겠지.

가벼운 감기에 걸려도 며칠 동안 고생하며 앓는데
사람의 마음에 생긴 병이 나으려면
더 많은 시간이 필요하겠지.

더디게 흐른 시간이 원망스럽지만
시간이 흘러야만 해결되는 것이기에
꾹 참고 견디는 것밖에 없겠지.

아무리 바쁘게
살아가도

아무리 바쁘게 하루를 보내도
마지막에는 결국 네 생각이 나.
작은 빈틈 사이로 네가 자꾸 비집고 나오곤 해.

너도 나와 같을까.
나처럼 힘들어하고 있을까.

너에게도 언젠가는 새로운 사람이 생기겠지.
나에게만 보여줬던 그 미소를
그 사람에게도 보여주겠지.
서로 그렇게 각자의 삶을 살아가게 되겠지.

어차피 다시 만나도 우리는 똑같다는 것을 알기에
추억 속에 널 묻어놓고 그냥 그렇게 살아갈게.

서로에게 좋은 향기로 남기를 바랄게.

○   마음을
    다쳐가며
    사랑하지 마라

○   **2 부**

원래부터 괜찮은 사람 · 고마움을 모르는 사람에게 너무 많은 것을 준 것 같다 · 나도 울고 싶지 않다 · 상대방의 가면을 벗기는 가장 쉬운 방법 · 짝사랑하는 사람의 마음을 확실하게 알 수 있는 방법 · 사귀다보면 아니다 싶은 순간이 있다 · 함부로 대해도 되는 사람은 없다 · 발뒤꿈치에서 피가 나는데도 계속 걷고 있는 당신에게 · 항상 먼저 사과하는 사람 · 연애를 하다보면 씁쓸할 때가 있다 · 사랑해서 성숙해 보이고 싶었다 · 친구야, 제발 그가 나를 사랑하고 있다고 말해줘 · 헤어지는 데는 이유가 없다 · 사랑하지만 어쩔 수 없이 헤어진다는 새빨간 거짓말 · 괜찮다고 얘기했지만 사실 하나도 안 괜찮았어 · "나 원래 이래"라는 말은 정말 무책임한 것이다 · 너의 침묵, 그후의 나는 · 네가 늘 바빠서 나는 항상 외로웠어 · 당신을 아끼는 사람은 당신을 그토록 기다리게 하지 않는다 · 너에게 맞추고 싶어서 나는 내 마음을 깎곤 했어 · 살다보면 깨닫는 슬픈 진실 · 정말 잔인했던 건 너일까 나일까 · 누군가에게 크게 데면 사람을 믿기가 힘들어진다 · 좋아하는 사람이 당신에게 핑계 대는 이유 · 외롭다는 이유 하나만으로 누군가를 사귀려 하지 마라 · 자기 말이 무조건 옳다고 주장하는 사람의 특징 · 비참한 모습으로 후회할 것이다 · 사랑은 서로를 위하는 것임을 네가 알아줬으면 좋겠어 · 헤어지자는 말을 무기로 사용하지 않았으면 좋겠다 · 이별하고 다시 사귀는 커플 · 요즘의 연애가 실망스러운 당신이 반드시 봐야 할 글 · 서운함에 익숙해지는 건 상처가 될 수밖에 없었다 · 나의 가치를 알아봐주는 사람 곁에 있어야 한다 · 바닥에 버려진 사랑을 주우려고 하지 마라 · 마음이 닳고 있다 · 아무나 만나지 말고 좋은 사람 곁으로 가라 · 마음의 문을 닫지 마 · '나를 정말 사랑하긴 해?' 애인에게 확신이 안 들 때 · 썸만 타다 끝난 당신에게 꼭 해주고 싶은 한마디 · 무슨 말만 꺼내면 한숨부터 쉬는 당신에게 · 마음을 다쳐가며 사랑하지 마라 · 여자친구가 당신에게 지쳤다고 말하는 이유

원래부터
괜찮은 사람

너의 귀에 무수히 스쳐갔던
'괜찮다'라는 나의 말은

정말 괜찮아서 괜찮다고
얘기한 것이 아니었다.

너라서 괜찮아 보이려고
노력했던 것이다.

다른 사람이 그랬으면
화를 냈을 법한 일인데도

내 사람이니까 이해하려고
애썼던 것이다.

원래부터 괜찮은 것이
아니었다.

고마움을 모르는 사람에게
너무 많은 것을 준 것 같다

고마움을 모르는 사람에게
너무 많은 것을 준 것 같다.

상대방에게 무언가를 바라고
호의를 베푼 것은 아니었지만

적어도 나를 소중하게 여기거나
나에게 고마워하기를 바랐다.

하지만 그럴수록 상대방은 나를 쉽게 여겼다.
뭘 해도 이해해줄 거라고 생각하며
나를 우선순위에서 밀어냈다.

나를 소중하게 여기는 사람도 많았는데
고마움도 모르는 사람에게 마음을 쏟아붓느라
좋은 사람들을 많이 놓친 것 같아서 아쉬움이 남는다.

나도
울고 싶지 않다

다툼이 생길 때마다 눈물부터 나오는 내가 싫다.
하고 싶은 말은 정말 많은데
눈물을 삼키느라 내뱉지 못한다.

싸울 때마다 넌 왜 우냐고, 눈물이 무기냐고
다그치는 네가 밉다.

나도 울고 싶지 않아서
억지로라도 참으려고 노력한다.

하지만 서러운 마음에
차오르는 눈물을 막기가 힘들다.

울고 싶어서 우는 게 아니라
네가 울게 만드니까 우는 것이다.

눈물이 맺히는 내 모습을 보고
한숨 쉬지 않았으면 좋겠다.

사연을 읽어주는 여자

사랑하기 때문에 흘리는 눈물을
외면하는 너의 모습이 아프다.

상대방의 가면을 벗기는
가장 쉬운 방법

상대의 '가면'을 벗기는 방법은 간단하다.
있는 힘껏 최선을 다해서 잘해주면 된다.

이때 상대방이 보이는 반응은 두 가지이다.

고마움을 느끼며 더 잘해주려고 노력하거나
오히려 거만해져서 홀대하며 무시하거나.

잘해줄수록 건방 떠는 사람은
처음부터 당신과 어울리는 사람이 아니었던 것이다.

괜히 자책하며 당신을 무너뜨리지 마라.
사랑받아야 할 당신이니까.

짝사랑하는 사람의 마음을
확실하게 알 수 있는 방법

'사랑'이라는 것은 아주 간단하다.
상대방이 아니라고 하면 정말 아닌 것이다.
내가 억지로 우긴다고 해서 사랑이 되지는 않는다.

그 사람의 마음을 어렵게 해석할 필요가 없다.
사랑은 생각보다 간단하기 때문이다.

좋아하는 것과는 엄연히 다르다.
연락이 없으면 연락이 없는 것이고
시간이 없으면 시간이 없는 것이고
마음이 없으면 마음이 없는 것이다.
그 이상도, 그 이하도 아닌 딱 그 정도인 것이다.

그 사람의 마음이 행동으로 나타나는 것
그것이 곧, 사랑이다.

나를 헷갈리게 만드는 것은 사랑이 아니라
단지 나에 대한 관심일 뿐이다.

괜한 기대 때문에 자신의 상상을 더해서
그 사람의 마음을 부풀려 해석하지 말기를.

사귀다보면
아니다 싶은 순간이 있다

사귀다보면 정말 아니다 싶은 순간이 있다.

하지만 그 순간, 이성적인 판단을 하는 것이 아니라
흔들리는 감정에 이끌려서 자기 합리화를 시작한다.
'이 사람도 사람인데 실수할 수도 있지, 뭐.'
'내가 잘 얘기하면 사랑의 힘으로 이 사람도 좋게 변하겠지.'

현명한 조언도 귀에 들어오지 않고
눈앞에서 일어나는 일도 보이지 않는
혼자만의 진공 상태에 갇히게 된다.

하지만 당신이 잊지 말아야 할 사실이 있다.
사람은 고쳐 쓰는 것이 아니라는 것이다.

나조차도 나의 단점을 고치지 못하는데
어떻게 다른 사람의 단점을 고치겠는가.

잠깐 그 순간에는 변하는 것처럼 보여도
시간이 지나면 다시 원상태로 돌아온다.

세상이 무너질 만큼의 충격을 받지 않는 이상
사람은 변하지 않는다.

함부로 대해도 되는
사람은 없다

내가 너를
많이 좋아한다고 해서

네가 나를
함부로 대해도 된다는 것은 아니다.

네가 심심할 때
약속이 없을 때

그럴 때만 찾는
'장난감'이 아니다.

나도 감정이 있고,
그 감정에 상처를 받는
똑같은 사람이다.

내가 너를 좋아한다고 해서
네가 나를 막 대할 수 있는 것은 아니다.

발뒤꿈치에서 피가 나는데도
계속 걷고 있는 당신에게

틈날 때마다 카카오톡에 들어가서
상태메시지와 프로필 사진이
혹시 바뀌지는 않았나 확인하지 말자.
그 사람이 '좋아요'를 누른 게시글에 괜한 의미를 부여하며
상상의 나래를 펼치지 말자.

나와 그 사람의 별자리 운세를 보고
각자의 애정 운세 결과에 나의 기분과 하루를 맡기지 말자.
그 사람의 사진을 보면서
슬픈 소설의 여자 주인공이 되려고 하지 말자.
그 사람이 좋아하는 것과 싫어하는 것에 맞추려고
나에게 맞지 않는 옷을 입지 말자.

당신과 인연이 있는 사람이라면
힘겨운 노력을 하지 않아도
언젠가는 당신에게 다가올 사람이다.

걸을수록 발뒤꿈치가 벗겨져서
당신을 아프게 하는 그 신발은,
당신이 신으면 안 되는 것이다.

당신의 노력이,
즐거움이 아닌 버거움으로 다가온다면
인연이 아니라고 생각해라.

항상 먼저
사과하는 사람

미안하다고 얘기하는 게
그렇게 힘든 일일까.

싸움은 둘이 해놓고
사과는 왜 내가 먼저 해야 하는 걸까.

항상 먼저 손을 내미는 것도
점점 지치기 시작한다.

한 번쯤은 너도
자존심을 내려놓고

나에게 먼저
사과해줄 수는 없는 걸까.

나를 사랑하는 마음이
딱 거기까지인 걸까.

연애를 하다보면
쓸쓸할 때가 있다

연애를 하다보면, 쓸쓸할 때가 있다.

나만 참으면, 우리 관계는 아무 문제가 없어진다.
내가 하고 싶은 말을 줄이고 내가 신경을 덜 쓰면
잦았던 싸움도, 언제 그랬냐는 듯이 줄어든다.

'내가 문제인가? 내 잘못인가?'
모든 다툼의 원인을 나에게 돌리며
자존감을 낮추는 질문을 한다.
결국 다툼을 피하기 위해서
억지로라도 서운함을 참아본다.

그런데 참 안타까운 것은,
참으면 참을수록
그 사람을 사랑하는 내 마음도 참게 되었다.
이해가 아니라 포기를 하게 된다.

사랑해서
성숙해 보이고 싶었다

사랑했기 때문에 성숙해 보이고 싶었다.

나한테 기댈 수 있을 만큼 든든한 사람이 되고 싶었고
어떤 얘기든 털어놓을 수 있는 편한 사람이 되고 싶었고
가장 약한 모습도 보일 수 있는 특별한 사람이 되고 싶었다.

그래서 나는 어떤 행동이든 이해한다고 말했다.
괜찮다고 말했고, 알았다고 말했다.

그런데 그런 나의 모습이
우리 사이에 독이 될 줄은 몰랐다.

이미 이 연애에서 나의 진짜 모습은 사라졌고
내가 미성숙한 모습을 보이면 그 사람은
화를 내기 시작했다.

사랑해서 성숙해지려고 한 내 마음이
독이 될 줄은 몰랐다.

친구야, 제발 그가 나를
사랑하고 있다고 말해줘

주변 사람들에게
묻고 다닌다.

그 사람이 나를 이렇게 대하고
이렇게 말해줬는데,

나에게 어떤 마음을
가지고 있는 것 같냐고.

당신이 원하는 대답이 나올 때까지
주변 사람들에게 묻는다.

듣고 싶지 않은 대답은
그냥 흘려버린 채.

하지만 답은,
이미 당신이 알고 있다.

모르는 척하지 마라.

받아들이고 싶지 않아서
모르는 척하는 것뿐이지

정말로 모르는 것은
아니지 않는가.

헤어지는 데는
이유가 없다

우리는 헤어질 때
수많은 '이유'를 찾는다.

'우린 처음부터 안 맞았어.
이 사람은 나를 이해 못해.'

'시간이 부족해서 연애를 못하겠어.
돈이 없어서 연애를 못하겠어.'

하지만 이 모든 것은
'핑계'일 뿐이다.

우리가 헤어진 이유는
그만큼 사랑하지 않아서다.

'그럼에도 불구하고'
사랑하지 않아서다.

사랑하지만 어쩔 수 없이
헤어진다는 새빨간 거짓말

사랑하지만 어쩔 수 없이 헤어진다는 말은 거짓말이다.

네가 완전히 싫어진 건 아니지만
서로 안 맞는 부분을 함께 극복하고 싶을 만큼
사랑하진 않는다는 의미이다.

진심으로 사랑한다면
헤어지고 싶은 마음보다 극복하고 싶은 마음이
더 먼저, 더 크게 들 것이다.

어떻게든 서로에게 맞춰서 행복을 그릴 생각을 하지
마주잡은 두 손을 놓을 생각을 하지는 않는다.
먼저 이별을 말한 것에 대한
죄책감을 줄이기 위한 것일 뿐이다.
당신을 정말 사랑했다면 떠나지 않았을 것이다.

상처받지 않기 위해서
잔인했던 이별을 포장하지 마라.
왜 그 사람을 대신해서 당신이 변명하고 있는가.

사랑은 사랑이고, 이별은 이별이다.
절대로 같이 존재할 수 없다.

괜찮다고 얘기했지만
사실 하나도 안 괜찮았어

사실은,
나 하나도 안 괜찮았어.

괜찮다고 했던 무수한 말들이
정말 괜찮은 건 아니었어.

그냥 너라서
괜찮아보려고 했던 거야.

네가 '내 사람'이기 때문에
참았던 거야.

너를 이해해주고 싶어서,
네 기분을 망치고 싶지 않아서
괜찮다는 말로
꾹꾹 참았던 거였어.

사실은,
나 하나도 안 괜찮았어.

"나 원래 이래"라는 말은
정말 무책임한 것이다

"나 원래 이래"라는 말은 하지 않았으면 좋겠다.

사귀다보면 당연히 서로 다른 점이 있는데
너를 이해하지 못하는 내가 이상하다는 듯이 얘기하면
'나랑 맞춰갈 생각이 없나?' 하는 생각이 먼저 든다.

나도 너처럼 원래 그런 것들이 있다.
하지만 내가 너랑 연애를 하기로 했으니
마음에 들지 않아도 참는 것이고,
이해가 되지 않아도 양보하는 것이다.

너의 방식만 강요한다면 우리는 오래 만날 수 없다.

힘들고 어렵지만, 맞춰가자.
함께하기 위해서.

너의 침묵,
그후의 나는

나를 불안하게 만들었던 건
너의 '침묵'이었다.

지금은 얘기할 기분이 아니니까
나중에 얘기하자는 그 말이,
조금만 시간을 갖자는 너의 그 한마디가
나 혼자서
온갖 상상을 하도록 만들었다.

가늠할 수도 없을 만큼의
깊은 슬픔 속을 헤매고 다녔다.

너의 침묵이 나에게는
너무나도 아프다.

너의 침묵이 나에게는
너무나도 잔인하다.

네가 늘 바빠서
나는 항상 외로웠어

네가 늘 바빠서 나는 항상 외로웠어.

가끔씩은 손잡고 데이트도 하고,
하루종일 연락도 하고 싶은데
넌 항상 다른 일 때문에 바쁘니까,
시간조차 못 내니까 서운했어.

너 때문에 외롭다고 느끼니까 모든 감정이 다 흔들렸어.
'나를 사랑하긴 하는 걸까. 내 생각을 하긴 하는 걸까.'

확신이 점점 줄어들었고 그럴수록 화가 났어.
너의 마음을 의심하게 만드는 네가 미웠어.

난 아직도 너를 사랑하는데,
난 아직도 너만 생각하는데.

너는 그렇지 않다는 사실이
내 마음을 너무 아프게 했어.

당신을 아끼는 사람은
당신을 그토록 기다리게 하지 않는다

그 사람과 카톡을 할 때
답장이 늦게 온다는 것은
그 사람에게 너라는 존재가
딱 그 정도라는 거야.

진심으로 너에게 관심이 있다면
바로바로 답장을 하겠지.

그런데 그렇게 하지 않는다는 것은
네가 그냥저냥이라는 거야.
그냥 심심하고 할 일 없을 때
답장 한번 해주는 정도인 거야.

그 사람의 하루에서
네가 그렇게 소중하진 않은 거야.

그냥 그런 사이.
그냥 딱 그 정도.
그 이상도, 그 이하도 아니라는 거야.

너에게 맞추고 싶어서
나는 내 마음을 깎곤 했어

솔직히 널 많이 좋아했어.
티를 안 내서 그렇지.

내가 모든 걸 다 표현하면 네가 나에게 질릴까봐
외로울 때도 많았지만 어른스럽게 이해하는 척했어.

서운할 때도 있었고 바라는 것도 있었지만,
너에게 귀찮은 존재가 될까봐 차마 말하지 못했어.

내가 가장 두려웠던 것은
네가 날 떠나는 것이었으니까.

너에게 버림받지 않기 위해서
항상 너의 눈치를 봤어.
좋아하는 것과 싫어하는 것을 맞추기 위해서 노력했어.

우리가 너무 딱 맞아서 네가 운명이라고 느낄 수 있도록
내 마음을 깎아가며 최선을 다했어.

널 많이 좋아했어.
너에겐 닿지 않은 마음이었지만.

살다보면 깨닫는
슬픈 진실

특별할 줄 알았는데
흔하디 흔한 것이었고

머무를 줄 알았는데
스쳐지나가는 것이었다.

이번에는 다를 줄 알았는데
여전히 똑같았고

혹시나 기대했지만
역시나 실망만 남았다.

마지막일 줄 알았는데
과정일 뿐이었고

행복일 줄 알았는데
더 큰 슬픔이었다.

정말 잔인했던 건
너일까 나일까

내가 너에게 헤어지자고 했던 날,
너는 나에게 기회를 달라고 애원했다.

기회를 달라는 너의 말이
참 잔인하게 들렸다.

나는 그동안 너에게
기회를 많이 준 것 같은데

네가 바뀔 수 있는 시간은
수없이 준 것 같은데

내 마음을 다쳐가며 힘들게 준 시간을
넌 왜 알아주지 못했을까.

이때까지 내가 준 기회를
쳐다보지도 않았다는 것일까.

누군가에게 크게 데면
사람을 믿기가 힘들어진다

사람에게는 경험이 중요하다.
한번 크게 상처를 입으면 비슷한 것만 봐도 움츠러들고
무조건 색안경을 끼게 돼서 마음을 열기가 힘들다.

이러한 상황이 반복되다보면
결국 자기만의 세계에 갇히게 되고
그 사람은 더 발전하지 못하고 제자리에서 머물게 된다.

연애도 경험이 중요하다.
이 세상에는 좋은 사람이 정말 많고
믿음을 주는 사람이 더 많은데,
한 사람에게 크게 덴 뒤부터는
무조건 의심부터 하게 되고
그 사람이 나에게 상처를 줄까봐 겁부터 먹고
마음을 다 주지 못한다.

분명히 자신은 소중한 사람인데도,
지난 경험 때문에 자존감이 낮아져서
그 누구도 만나지 못한 채
공허한 세월을 보내게 된다.

좋아하는 사람이
당신에게 핑계 대는 이유

연락이 없는 그 사람을 애써 감싸주려고 하지 마라.
'바빠서 그런 것이겠지. 다른 이유가 생긴 것이겠지.'
왜 그 사람의 변명을 당신이 대신해주고 있는가.

약속을 미루는 그 사람을 애써 괜찮다고 여기지 마라.
'급한 일이 생긴 것이겠지. 어쩔 수 없는 일이겠지.'
왜 그 사람의 무책임함을 모른 척하려고 하는가.

입장을 바꿔서 생각해보면
답은 생각보다 간단하게 나온다.
당신은 아무리 바빠도 그 사람에게 연락을 하고
아무리 피곤하고 힘들어도
그 사람과의 약속을 지키지 않는가.

당신은 그 사람에게 어떠한 핑계도 대지 않는데
그 사람은 당신에게 핑계를 대느라 바쁘지 않은가.

그 이유가 무엇이라고 생각하는가.
답은 이미 알고 있을 것이다.

외롭다는 이유 하나만으로
누군가를 사귀려 하지 마라

일이 좋으면 일이랑 살고, 친구가 좋으면 친구랑 살아라.
자신이 외롭다는 이유 하나만으로
괜히 이리저리 남을 흔들지 말고.
평범하게 잘 살고 있던 사람을 집착증 환자로 만들지 말고.

나로 인해 외로움이 덜어지면 결국 소홀해질 거면서
끝까지 책임질 마음도, 진지하게 만날 마음도 없으면서
가만히 있는 사람의 마음에 흠집 내지 말고.

'다들 연애하니까 나도 해보자.'
'혼자 있으니까 그냥 외롭네.'
가벼운 마음으로 사람을 만나서 사랑하려고 들지 마라.
아무것도 모르고 당신을 좋아한 상대방은 무슨 죄인가.

쉬운 사람도 없고, 쉬운 사랑도 없다.

자기 말이 무조건 옳다고
주장하는 사람의 특징

자존심을 내세우는 사람은,
자신이 자존심을 부리는지 모른다.

자신의 말이 무조건 옳으며,
잘못은 언제나 상대방의 몫이다.
서로에게 조금씩 잘못이 있기에 다툼이 일어나는 것인데
자존심이 지나치게 강한 사람은,
자신에게도 잘못이 있다는 사실을 받아들이지 못한다.

왜 이렇게 자존심을 내세우냐며
상대방을 다그쳐도 소용이 없다.
자신은 자존심을 내세우고 있는 것이 아니라
논리적으로 대화를 이끌어간다고 생각하기 때문이다.

변함없이 자존심을 내세우는 그 사람의 모습 때문에
수많은 다툼이 의미 없다는 것을 느끼고
결국 그 사람과의 관계에 대해 다시 생각하게 된다.

그 사람을 포기할까.
그 사람과 거리를 둘까.

비참한 모습으로
후회할 것이다

자존심은 누군가를 누르기 위해
툭하면 내세우는 것이 아니라
소중한 사람을 지키기 위해
마지막 순간까지 아껴두는 것이다.

그런데 많은 사람들이 제 자존심을 지키겠다고
소중한 사람에게 상처가 되는 말을 한다.

한바탕 자존심 싸움을 하고 나면 결국 또 후회할 거면서
한순간의 감정을 이기지 못하고 상대방에게 날을 세운다.

주변 사람들의 마음을 돌보지 않고
제 자존심만 내세우는 사람은
그 자존심 때문에 가장 소중한 것을 잃을 것이며
가장 비참한 모습으로
잃은 것에 대해 후회할 것이다.

사랑은 서로를 위하는 것임을
네가 알아줬으면 좋겠어

자기 생활이 중요하기 때문에
어느 것도 포기할 수 없다는 말은
사랑하는 사람에 대한 예의가 아니다.

자기가 즐거운 것만 보고
상대가 속 타는 것을 못 본다면
어리숙하고 미성숙한 연애를 하는 것이다.

상대를 위해서 내 것을 양보할 수 없으면
멀쩡한 사람 속 태우지 말고
차라리 혼자 사는 것이 더 낫다.

연애는 나를 위하는 것이 아니라
서로를 위하는 것임을 잊지 않았으면.

헤어지자는 말을
무기로 사용하지 않았으면 좋겠다

헤어지자는 말을
무기로 쓰지 않았으면 좋겠다.

헤어질 마음도 없으면서 붙잡아주기를 원하는 마음으로
헤어지자고 얘기하는 것은 최악이다.

지금 당장은 그 무기가 통할지 몰라도
무기를 계속 쓰다보면 무뎌지게 되어 있다.
원하지 않는 이별을 맞이할 수 있다는 의미이다.

서운하면 서운하다 속상하면 속상하다
있는 그대로 표현해주면 된다.

그 마음을 더 날카롭게 표현하고 싶어서
헤어지자는 말을 쓴다면
그동안 쌓아왔던 신뢰가 한 번에 무너질 것이다.

이별하고
다시 사귀는 커플

헤어졌다가 다시 사귀는 커플이 잘될 확률이 낮은 이유는
헤어짐의 원인이 되었던 일이
다시 사귈 때도 문제가 되기 때문이다.

이미 읽었던 추리소설을 다시 읽는 게 힘든 것처럼
예전에 싸웠던 일로 또 싸우게 되면
금방 한계에 다다르는 것이다.

헤어짐을 겪지 않은 커플은 싸우더라도
0에서부터 끓어오르지만
헤어지고 다시 사귀는 커플은
50에서부터 끓어오르기 때문이다.

'이래서 우리가 헤어졌지. 다시 사귀어도 변한 게 없네.'
다시 사귄 것을 후회하며 더 깊은 씁쓸함을 느끼게 된다.

다시 사귀기로 결심할 땐
똑같은 실수를 반복하지 않기로 굳게 약속하지만
시간이 지남에 따라 이별의 아픔도,
그때의 약속도 서서히 옅어져서
똑같은 상처를, 더 잔인한 모습으로 상대방에게 안겨준다.

요즘의 연애가 실망스러운 당신이
반드시 봐야 할 글

연애 초반에는 보고 싶은 것만 보고,
좋은 것만 보려고 했기 때문에
요즘의 연애가 더 큰 실망으로 다가오는 것일 수도 있다.

연애 초반에는 온 에너지를 쏟아부으며 달렸고
지금은 전력 질주가 아닌 마라톤을 해야 하니까,
당연히 연애 초반의 모습과는 다를 수밖에 없다.

한 사람과 오래 연애하려면
이 사실을 인정하는 것이 중요하다.
시간이 지남에 따라 서로에게 편해졌기 때문에
꾸미는 것이 귀찮아져서 늘어난 티셔츠를 입을 수도 있고
멀고 비싼 음식점을 부러 찾기보다는
집 앞 분식점에 갈 수도 있다는 것을.
나를 향한 그 사람의 사랑이 식은 것이 아니라
서로를 사랑하는 방식이 바뀐 것뿐임을.

익숙함이란, 사랑이 소멸한 상태가 아니라
온전한 사랑이 길게 이어질 때
비로소 묻어나는 감정임을 잊지 않았으면.

서운함에 익숙해지는 건
상처가 될 수밖에 없었다

예전에는 서운하면 그 사람에게 화가 났는데
이제는 그 사람이 무슨 짓을 해도 화가 나지 않는다.

서운한 일들에 점점 익숙해진다는 게
서운한 일들에 더이상 마음이 쓰리지 않다는 게
나를 더 비참하게 만든다.

기대하지 않게 되고, 바라지 않게 된다.
그 사람에게 더이상 욕심을 부리지 않게 된다.
하고 싶은 말을 아끼고, 풀고 싶은 것을 담아둔다.

그 사람에 대한 기대가 줄어들고 있다.
그래야 우리 사이가 안전해질 수 있기에.
틈이 더이상 벌어지지 않는 방법이 이것밖에 없기에.

막 퍼주던 마음도 이제는 적당히 주게 된다.
상처받지 않기 위해서.

나의 가치를 알아봐주는
사람 곁에 있어야 한다

당신의 자존감을 무너뜨리는 사람은
당신을 위해서라도 인연을 끊어내야 한다.

미안하다는 말로 모든 것을 무마하려는 사람은
당신을 위해서라도 거리를 두어야 한다.

당신의 앞길에 꽃을 피우기 위해서는
당신의 가치를 알아봐주는 사람 곁에 있어야 한다.

이 글을 읽었을 때 마음이 시큰해져온다면
당신은 지금 그 사람 곁에서 힘들어하고 있다는 것이다.

당신을 힘들게 하는 그 사람을 이젠 그만 놓아줘라.

당신도 이제,
웃을 때가 되었다.

바닥에 버려진 사랑을
주우려고 하지 마라

바닥에 버려진 사랑을 허리를 굽혀 주우려고 하지 말고
눈앞에서 반짝이는 사랑을 당신의 마음속에 담아라.

온종일 서성거려야 당신을 봐주는 사람이 아닌
그 자리에 서 있기만 해도
당신에게 눈길을 주는 사람을 만나라.

있는 힘껏 잘 보여야 관심을 가지는 사람이 아닌
미소만 살짝 지어도 예쁘다고 말해주는 사람을 만나라.

당신을 위해서.
그 사람을 위해서.

억지노력으로 이어진 사랑은
두 사람 모두에게 상처만 남긴다.

마음이
닳고 있다

사람을 너무 쉽게 믿어서,
상처를 너무 많이 받는다.

이번에는 믿지 말아야지 하면서도
또다시 마음을 열고 있다.

이 사람만은 다를 것이라고 생각하며
애써 자기 합리화를 하고 있다.

섣부른 내 감정에 상처받는 건 나라는 사실을 잘 알면서도
사람을 위선으로 대하기가 힘들어서
결국 또 진심을 다한다.

마음을 쉽게 여는 내 잘못일까.
진심을 쉽게 여기는 사람들의 잘못일까.

이러다가 마음이 닳고 닳아서 없어질 것만 같다.
정말 괜찮은 사람이 나타나도
마음을 쓰지 못할 것만 같다.

아무나 만나지 말고
좋은 사람 곁으로 가라

연필을 쥐고 있는 사람에 따라
연필의 쓰임새가 달라진다.

뛰어난 화가의 그림을 그리는
감각적인 연필이 될 수도 있고
빛조차 보지 못한 채 구석에 박혀 있는
우울한 연필이 될 수도 있다.

똑같은 연필이라도 연필을 쥐는 사람에 따라
연필의 쓰임이 바뀌고, 그 값어치가 달라진다.

어쩌면 사람의 인생도 연필과 마찬가지일지 모른다.
이때까지 만났던 사람들이 나의 꿈에 영향을 줬고
지금까지 겪었던 경험들이 나의 가치관을 형성했다.

그러니 당신 곁에 좋은 사람만 두어야 한다.
좋은 사람이 좋은 경험을 당신에게 선물해줄 것이며
좋은 경험이 좋은 생각을 당신에게 안겨줄 것이다.

당신의 소중한 인생을 아무에게나 쥐여주면 안 된다.

마음의 문을
닫지 마

그냥 그 사람이 나빴던 것뿐인데
왜 너의 좋은 마음을 닫으려고 해.
넌 충분히 사랑받을 수 있는 사람인데
왜 스스로를 못났다고 생각하는 거야.
색안경을 끼고 세상을 바라보면,
세상도 그렇게 물들어버리는걸.

마음을 갉아먹지 마.
자책하지 마.
겨우 그것밖에 안 되는 사람 때문에
너 자신을 무너뜨리지 마.

네가 웃을 때도 난 너의 곁에 있었고
네가 울 때도 네 곁에 있었어.
항상 너를 지켜본 사람으로서 말하는데,
넌 참 괜찮은 사람이야.
네가 널 못 믿겠으면, 널 믿는 나를 한번 믿어봐.

그러니까 마음의 문을 닫지 마.
마음의 벽을 쌓지 마.

'나를 정말 사랑하긴 해?'
애인에게 확신이 안 들 때

사람마다 사랑하는 방식이 다를 수 있음을 인정해야 한다.

어떤 사람은 전화하는 것보다
문자메시지를 보내는 것이 더 편할 수 있고
어떤 사람은 문자메시지보다
전화 통화가 더 편할 수 있다.
어떤 사람은 주말에 만나는 것보다
평일에 짧게라도 매일 만나는 것을 더 좋아할 수 있고
어떤 사람은 매일 야금야금 만나는 것보다
주말에 계속 붙어 있는 것을 선호할 수 있다.
어떤 사람은 자기 생활보다
연애를 더 중요하게 여길 수 있고
어떤 사람은 연애보다
자기 생활을 더 중요하게 여길 수 있다.

물론 연애는 사람과 사람이
서로 다른 점을 맞춰가는 것이지만
사랑하는 방식이 나와 다르다고 해서
나에 대한 그의 사랑을 의심해서는 안 된다.

'나는 이렇게 행동하는 것이 사랑이라고 생각하는데
이 사람은 왜 이렇게 안 할까. 나를 사랑하지 않는 걸까?'
이런 생각은 사랑이라는 이름하에
그 사람의 가치관을 소유하려는 것이다.
자기 생각만 고집하는 이기적인 마음이다.

각자 다른 환경에서 살아온 사람과
50%만 같아도 잘 맞는 것인데
같지 않은 50%를 보며
왜 그에게 불만을 가지려 하는가.

썸만 타다 끝난 당신에게
꼭 해주고 싶은 한마디

그 사람에게 흔들린 당신의 잘못이 아니다.
진심도 아니면서 당신을 흔든 그 사람의 잘못이다.

그 사람의 행동에 헷갈린 당신의 잘못이 아니다.
착각하게끔 어정쩡하게 행동한 그 사람의 잘못이다.

매력적인 당신을 알아보지 못한 그 사람이 손해인 것이고
더 큰 상처를 받기 전에 끝난 것을 다행으로 여기면 된다.

그 사람이 애인이라도 되었다면
마음고생 실컷 하느라 속이 탔을 것이다.

훌훌 털고 다음을 생각하자.
당신은 충분히 가치 있는 사람이다.

무슨 말만 꺼내면
한숨부터 쉬는 당신에게

너에 대한 서운함을 구구절절 얘기해봤자
어차피 너는 질려할 테고,
나는 점점 더 비참해지기 때문에
결국 나는 속으로 앓을 수밖에 없었다.

내가 무슨 말만 꺼내면 한숨부터 쉬는 너니까
꼭 그런 걸 말로 해야 하느냐고 핀잔부터 주는 너니까
싸우는 게 싫어서 대화를 피하게 된다.

어쩌면 침묵하는 것이
관계에 더 나을지도 모른다는 생각이 들어서
서운함을 마음 한구석에 눌러담게 된다.

서로 다른 사람이 만나서 맞춰가는 게
연애라고 생각했는데
너를 만나면서 생각이 많이 바뀌었다.

연애는 처음부터 맞는 사람끼리
만나서 해야 한다는 것을.
그 사람이 가지고 있는 습관은
웬만해서는 바뀌지 않으며
사귀면서 그 사람을 바꿀 수 있다는 말은
드라마 속에서만 나오는 헛된 꿈이라는 것을.

마음을 다쳐가며
사랑하지 마라

처참하게 깨져버린 유리 조각을
애써 주우려고 하지 마라.

한 조각, 한 조각 주우려 할수록
당신의 마음만 다칠 뿐이다.

그 사람과 함께라면
다쳐도 괜찮다고 다독이지 마라.

괜찮지 않다는 것을 알면서
왜 거짓말을 하는가.

그 사람이 아니면 안 될 것 같은 세상이지만
그 사람이 없어도 살아갈 수 있는 세상이다.

마음을 다쳐가며 누군가를 사랑하지 마라.
그럴 바에는 차라리 혼자가 더 낫다.

여자친구가 당신에게
지쳤다고 말하는 이유

내가 너에게 지쳤다고 얘기하는 것은
너와 헤어지고 싶다는 말이 아니라
이런 나를 붙잡아줬으면 좋겠다는 의미이다.

지치고 힘들어서, 너로부터 멀어지지 않도록
있는 힘껏 꽉 껴안아달라는 뜻이다.

네가 내 곁에 있었으면 하는 소망이 있기 때문에
지쳤다는 말이라도 건네는 것이다.

정말로 지쳐서 너랑 헤어질 마음이었다면
지쳤다는 말조차 꺼내지 않았을 것이다.

왜 나는 너여야만 할까

외로움을 모를 정도로 나는 외로웠다 오늘같이 울고 싶은 날에는 하루를 모두 망쳐버린 날 내게 정말 필요했던 것 아이가 되는구나 사랑을 시작하기 전에 걱정부터 하는 당신에게 너는 나의 미래가 될 거야 사람은 변해도 사랑은 변하지 않는 방법 그 사람에게 가는 길 참았던 눈물이 쏟아질 것 같은 날 오늘이 즐거웠어 당신에게 닿고 싶어서 바람이 부네요 당신이 내 곁에 있어야 내가 존재할 수 있다 밤하늘에 떠 있는 별처럼 권태기를 맞이한 커플이 반드시 기억해야 할 것 인스턴트식 연애만 한다면 사랑의 깊이를 알 수 없다 거짓 이별 선언 짝사랑하는 사람에게 질문을 해보았습니다 그 사람이 나 같은 걸 좋아할 리 없어 주기만 하는 사랑에 익숙해지는 내가 싫다 짝사랑의 가장 큰 문제점은 무엇일까 헛된 희망이 괴롭혀도 좋아해서 미안했어요 의미 없는 노력 꽤 긴 시간이 지났음에도 카톡을 읽지 않는다는 것 어장관리를 당해본 당신이 한 번쯤 느껴봤을 씁쓸함 자존감 낮은 짝사랑 사람의 마음에 들어가기 위해 기억해야 할 것들 연애를 하는 것이 아니라 관심을 구걸하고 있었다 의무적으로 하는 연락은 나를 비참하게 만들었다 계절이 돌아오는 것처럼 당신도 다시 내게 온다면 한 걸음, 다가와줄래요? 왜 나를 어장 속 물고기로 취급하는 걸까 의도치 않은 어장관리에 상처를 받았다 나 때문에 상처받지 마―그 남자의 속마음 혼자 사랑하다가 끝낼게―그 여자의 속마음 손해 봐도 괜찮다 당신을 향한 나의 사랑이 하루빨리 끝났으면 좋겠다 함께 있어줄 사람은 없다 여전히 나는 외롭다 헤어지고 나면 겪는 증상, 사랑에 회의감이 든다 인간관계에 회의감을 느낄 때 존경의 대상이 되기 위해 반드시 갖춰야 할 조건 혼자 있는 시간의 즐거움 질다 새로운 사랑을 시작하지 못하다 수많은 일을 겪고 나니 나는 겁쟁이가 되어 있었다 마음이 약한 사람일수록 감정에 솔직하지 못하다 보여주기 싫은 내 모습을 감추기 위해 가면을 쓴다 피곤하다고 말하면서도 자꾸만 늦게 잠드는 이유 가식적이라도 괜찮다 쉼 없이 달리다가 문득 질투는 순간이다 곁에 두어야 할 사람과 곁에 두지 말아야 할 사람 노력과 성실이란 말을 실패의 핑계로 삼지 말 것 원석의 가치 너의 고민 속에 네 삶의 자문이 있다 당신이라는 긴 여행기 불안한 미래가 걱정스러운 당신에게

외로움을 모를 정도로
나는 외로웠다

외롭지 않다고 말했지만, 사실 나는 외로웠다.

나의 외로움을 남에게 들키면 정말 외로운 사람이 될까봐
아닌 척, 안 그런 척
외로운 내 모습을 숨기기에 바빴다.

솔직히 말하면 나는 외로웠다.
그것도 아주 많이.

하지만, 외롭다고 아무리 소리쳐도
달라지는 것은 없기에
어차피 모든 것은 다 그대로이기에
살아지는 대로 살 수밖에 없었다.

내일이 된다고 해서 뭐가 달라지긴 할까.
똑같이 걷는 길, 그 속에서 소중함을 찾을 수 있을까.
나를 위해서 울어줄 사람은 있을까.
내가 누군가에게 의미 있는 사람이 될 수 있을까.

불어오는 바람마저 시리게 느껴졌다.
외로움을 모를 정도로, 나는 외로웠다.

오늘같이
울고 싶은 날에는

무슨 일을 해도 손에 잡히지 않는 요즘
내 손을 꼭 잡아주는 사람이 있으면 좋겠다.

아무것도 하기 싫어서 다 때려치우고 싶은 오늘 같은 날
힘내서 같이 해보자고 일으켜주는 사람이 있으면 좋겠다.

너도 인간이기에 실수할 수 있다고
사람은 완벽할 수 없다며
축 처진 내 어깨를 토닥여주는 사람이 있으면 좋겠다.

모든 말이 가식처럼 느껴지고 거짓말처럼 느껴질 때
행동으로 자신의 진심을 보여주는 사람이 있으면 좋겠다.

누가 툭 건들기만 해도 눈물부터 떨어질 것 같은 날
울어도 된다며 손수건을 건네주는 사람이 있으면 좋겠다.

아무도 믿지 못하겠어서
그 누구에게도 기대지 못할 때
한 걸음 뒤에서 묵묵히 바라봐주는
사람이 있었으면 좋겠다.

사연을 읽어주는 여자

모든 게 불공평하게 느껴져서
억울함이 치밀어오를 때
그냥 말없이 따뜻하게 안아주는
사람이 있었으면 좋겠다.

그리고 나 또한 누군가에게
그런 사람이 되어줄 수 있으면 좋겠다.

하루를 모두 망쳐버린 날
내게 정말 필요했던 것

내가 정말로 필요했던 것은 '괜찮냐'고 묻는 한마디였다.
누군가에게 그 한마디를 들으면,
눈물이 왈칵 쏟아질 것만 같았다.

오히려 나에게 상처가 되는 어설픈 충고가 아니라
고개를 푹 숙이고 있는 나를 토닥여주는 손길이 필요했다.

오늘만은 나도 모든 것을 다 내려놓고 싶었다.
매번 참아야만 하는 내가, 너무나도 싫다.

나도 누군가에게 간절한 사람이고 싶다.
누군가가 나를 소중하게 여겨줬으면 좋겠다.

아이가
되는구나

네가 자꾸만 나에게 선 긋는 말을 하길래
나도 모르게 서운한 생각이 들었어.
울컥 화도 나는 거야.

나는 조금 더 가까이 다가가고 싶은데
너는 자꾸만 멀어지려고 하니까
그렇게 잘 웃던 내가 일부러 네 앞에서는 웃지도 않고
하루종일 의자에 앉아서 시무룩하게 있었어.

그런 내 모습을 보고도 너는 대수롭지 않게 여기는 거야.
괜찮냐고 무슨 일 있냐고 걱정도 안 하고
말 한마디도 안 걸어주는 거야.
그 모습을 보고 언제 내가 너를 좋아했는지
기억도 안 날 정도로 마음이 식어갔어.

그렇게 한참을 고개 숙이고 있었는데,
너에게 연락이 오더라고.
"오늘 무슨 일 있었어? 기분 안 좋았지? 얘기해봐."
너의 그 한마디에 다시 네가 좋아지는 거야.
다시 네가 보고 싶어지고, 네 앞에서 웃고 싶어지는 거야.

그런 내 모습을 보고 느꼈어.
'누군가를 좋아하면 어린아이가 되는구나.'

사랑을 시작하기 전에
걱정부터 하는 당신에게

내 머릿속을 떠나지 않았던 단어는 '타이밍'이었다.
사랑이라는 감정만으로 모든 것을 이겨낼 수 없다는 걸
몇 번의 헤어짐을 통해 아프게 느꼈으니까.

그래서 내가 기다리고 있던 것은 적절한 '타이밍'이었다.
시간적인 여유든 금전적인 여유든,
누군가를 챙겨줄 수 있고
그래서 내가 사랑하는 사람에게
상처 주지 않는 그런 타이밍.

그 타이밍을 기다리고 있는 순간,
내 마음을 흔드는 사람이 나타났다.

아직 그 타이밍이 오지 않았는데
비집고 들어온 그 사람이 부담스러웠다.
준비가 필요하다고 느꼈고,
아직은 아니라는 생각이 들었다.
혹시나 좋은 사람을 상처투성이로 만들까봐 겁부터 났다.
그래서 이 마음을 접고, 말없이 돌아서기로 했다.

그런데 돌아서기로 한 그날 이후,
하루종일 마음에 비가 내리더니 그 비가 그치지 않았다.
비가 내린 후에 나는 흙냄새와 풀냄새가
자꾸 그 사람을 떠올리게 만들었다.

그래서 나는, 마음을 고쳐먹기로 했다.
사랑하기 좋은 타이밍이란 따로 있는 것이 아니다.
그냥 지금이다.
지금 같이 있자고 얘기하자.
내가 부족하더라도, 때로는 챙겨주지 못하더라도
그래도 내 곁에 있어달라고 그 사람에게 얘기하자.

대신 내 욕심이나 자존심 때문에
지키지 못할 약속은 하지 않을 테니
당신이 내 곁에서 불안해하는 일은
만들지 않을 거라고 얘기하자.

그러니까 지금,
지금 같이 있자.

너는 나의
미래가 될 거야

너를 만나는 동안 외롭지 않도록
나를 가득 채워줘서 고마워.
너를 알게 된 이후로 웃는 날이 더 많아졌고
작은 것에도 행복을 느끼며 하루를 보낼 수 있게 되었어.

네 생각이 날 때마다 마음이 간질간질해졌어.
그건 아마도 내가 너를 좋아하기 때문이겠지.
이유는 잘 모르겠지만, 네가 너무 보고 싶은 하루였어.
자꾸만 네가 생각나서 일이 손에 잡히지 않았어.

그 무엇과도 비교할 수 없을 만큼
널 많이 좋아한다고 말해주고 싶어.

너는 나에게 소중한 사람이야.
너는 나의 과거이자 현재이고,
미래가 될 거야.

사람은 변해도
사랑은 변하지 않는 방법

지금은 생각만 해도 행복하고 얼굴만 봐도 좋지만,
시간이 지나고 서로가 서로에게 무뎌지고 익숙해지면
이와 같지 않은 날이 오기도 하겠지.

지금은 모든 게 다 사랑스럽고 투정을 부려도 귀엽지만,
시간이 지나고 서로가 서로에게 편해지고 습관이 되면
이와 같지 않은 날이 오기도 하겠지.

그렇지만 그때에도 서로를 보듬어주면서 견뎌내자.

예전과 같지 않다는 이유로
서로의 마음을 의심하지 말자.
서로를 생각하는 마음만 흔들리지 않는다면
흘러가는 시간 앞에 무너지는 일은 없을 거야.

긴 세월이 흘러도 나는 당신을 사랑하고 있을 거야.

그 사람에게
가는 길

누구보다 성격이 급하던 내가
그 사람을 위해서 기다리고
간단히 끼니를 때우던 내가
그 사람을 위해 맛집을 찾는 것.

무뚝뚝하고 애교 없던 내가
그 사람을 위해서 마음을 표현하고
집에 있는 것을 좋아하던 내가
그 사람을 위해 여행을 계획하는 것.

내가 그 사람을 사랑하기에 나타나는 모습이었다.
그 사람이 내게 알려준 '사랑'이라는 감정 덕분에
내 삶의 중심이 변했고, 내 행복의 기준이 바뀌었다.

이 순간이 깨질까봐 두려울 정도로
그 사람이 너무나도 소중하다.

참았던 눈물이
쏟아질 것 같은 날

모든 것을 다 제쳐두고
그 사람에게 달려가서 안기고 싶은,
그런 날이 있다.

너무 힘들어서
다 내려놓고 싶어서
사람의 품에 가득 안겨
펑펑 울어야 속이 풀릴 것 같아서

그 사람이 너무 보고 싶은,
그런 날이 있다.

그 사람이 아니면
아무 의미가 없어서
누구도 그 사람을
대신할 수는 없어서

그 사람만 찾게 되는,
그런 날이 있다.

오늘이
즐거웠어

당신과 소소한 얘기를 나누며 함께 시간을 보냈다.
하루를 마치고 잠들기 전에
오늘 하루는 어땠냐며 나에게 묻는다.

함께 본 영화는 어땠는지,
오늘 먹었던 저녁은 어땠는지,
나의 감정이 어땠는지 세심하게 어루만져준다.

함께 본 영화도 재미있었고 저녁도 맛있었지만,
당신과 함께 보낼 수 있었던 그 시간들이 즐거웠다.

꼭 무언가를 해서 즐거운 것이 아니라
당신과 함께였기에 즐거운 것이다.

당신은 나를 이유 없이
행복하게 해주는 사람이니까.

당신에게 닿고 싶어서
바람이 부네요

버스정류장 옆에 있는 나무가
단풍이 예쁘게 물들었다는 핑계로,
당신에게 연락할지도 모르겠어요.
혹시 이런 내 마음을 눈치챘다면
예쁜 핑계로 여겨줄 수 있나요.

당신의 목소리가 듣고 싶어서 연락했다고 얘기하면
혹시나 당신이 내 곁을 떠날까봐
단풍나무를 핑계삼아 연락하는, 조심스러운 마음인걸요.

어쩌면 가을은,
사랑하는 사람을 떠올리는 데 가장 좋은 계절 같아요.

가을바람이 부니까
당신을 그리워하는 마음도 한가득 불어오네요.

당신은 지금 무얼 하고 있나요.
당신이 참 보고 싶네요.
단풍이 자꾸만 눈에 아른거려서
당신을 떠올리지 않을 수가 없네요.

당신이 내 곁에 있어야
내가 존재할 수 있다

일에 치여서 모든 것이 버겁게 느껴져도
당신에게 온전히 기댈 수 있기에 그나마 버틸 만해진다.

사람에게 치여서 서러운 마음이 울컥 올라와도
당신이 나를 웃게 하기에 그나마 견딜 만해진다.

당신이 내 곁에서 머물러주기에,
당신이 내 전부가 되어주기에
그나마 내 삶이 행복하다고 느껴지는 '요즘'이다.
그래서 나에게 당신이라는 존재가
반갑고, 소중하고, 든든하다.

고맙다.
내 곁에 있어줘서.

서투른 나라서,
부족하다는 것을 잘 알지만
그래도 계속 나를 사랑해주면 참 좋겠다.

네가 있어야 내가 존재할 수 있다.

밤하늘에
떠 있는 별처럼

시간을 주워담고 싶을 만큼 당신을 사랑했다.

당신은 나에게 큰 의미였고, 누구보다 소중한 사람이었다.
다리에 힘이 풀리는 것도 모른 채 당신에게 달려가고 있었다.

나의 서투름에, 나의 욕심에 모든 것이 흐려졌고
습관처럼 입술을 깨물 만큼
당신의 사랑을 그리워하게 되었다.

밤하늘의 반짝이는 별처럼 닿을 수 없게 되었지만
밤하늘이 별을 품은 것처럼 마음속에 담을 것이다.

당신은 나에게 처음이 아닐지 몰라도
당신은 가장 멋있는 나의 마지막 사랑이었다.

권태기를 맞이한 커플이
반드시 기억해야 할 것

사람이라면 누구에게나 장점과 단점이 있다.
그 장점과 단점 때문에 마음이 흔들리기도 한다.
하지만 그 한순간의 흔들림으로
모든 것을 결정해서는 안 된다.

내 사람은 익숙해졌기에 단점이 먼저 보이고
다른 사람은 새롭게 느껴지기에 장점이 먼저 보이는 것이다.

당신이 부러워하고 있는 알콩달콩한 그 커플도
맞지 않는 부분 때문에 갈등이 있을 것이고
당신의 마음을 흔들리게 만든 매력적인 그 사람도
막상 사귀다보면 단점이 보일 것이다.

다른 사람과 비교하면서
내 사람을 깎아내리지 마라.
당신의 못난 모습까지도 사랑해주는
그 사람이니까.

인스턴트식 연애만 한다면
사랑의 깊이를 알 수 없다

좋은 점만 보고 시작한 연애일지라도
안 좋은 점까지 감싸주는 것이 연애이다.

단점이 보일 때마다 헤어지는,
인스턴트식 연애만 한다면
한 사람과 깊은 감정을 나누는 행복을 느끼지 못할 것이다.

서로 맞지 않아도 행복하고
아무리 싸워도 행복한 감정은,
그 순간을 극복한 사람만 느낄 수 있는 특별한 감정이다.

단점까지도 이겨내는 사랑을 하자.

미소를 지어도 사랑이고,
눈물을 흘려도 사랑이다.

거짓 이별
선언

온갖 투정을 부려도 통하지 않을 때
최후의 보루로 사용하는 무기,
그 무기는 바로 헤어지자는 말이다.

헤어지자는 말을 무기로 사용하는 사람의 대부분은
상대방이 붙잡아주기를 기대하며 불안한 마음으로
이별을 말한다.

헤어지고 싶진 않지만,
헤어지고 싶을 만큼 힘들다는 마음을
다르게 표현한 '거짓 이별'이다.

하지만 이것은 건너서는 안 되는 강을 건너는 것과 같다.

헤어지자는 말에 그 사람이 당신을 붙잡는다고 하더라도
이미 당신에 대한 신뢰가 깨져서 마음을 회복할 수 없게 된다.
상대방이 예전처럼 당신을 사랑할 수 없게 된다는 의미이다.

상대방에게 헤어지자는 말을 건네는 것은
당신의 선택이다.
다만 그 선택을 했을 때 돌아오는 대답이 '그래'일지라도
아무렇지 않을 자신이 있을 때,
그때 이별을 선택해라.

짝사랑하는 사람에게
질문을 해보았습니다

장난스럽게 내 얘기가 아닌 듯 슬쩍 물어봤다.
"마음에 안 드는 이성이 자꾸 만나자고
너에게 연락하면 어떻게 할 거야?"

너의 대답은 꽤 아팠다.
"피할 것 같아."

너를 몰래 좋아했던 내 마음이 순간 멈췄다.
"연락이 오면 답장을 늦게 할 테고, 바빴다며 핑계를 대겠지."

그 말을 들은 순간, 문득 이런 생각이 들었다.
'이 사람에게 내 마음을 들키면 지금처럼 얘기도 못하겠구나.'
'지금처럼 연락도 못하고 장난도 못 치겠구나.'

너에게 다가가려고 했던 내 마음이,
내 발걸음이 모두 멈췄다.
괜히 내 마음을 들켜서 연락 한 번 제대로 하지 못하는
그런 사이가 될 바에는
차라리 그냥 지금처럼 지내는 것이 더 나을 것 같으니까.

너랑 연인이 되고 싶은 마음보다
너를 잃기 싫은 마음이 더 크니까.

멀리서 지켜볼 수밖에 없는
나의 초라한 짝사랑이니까.

그 사람이 나 같은 걸
좋아할 리 없어

분명히 나 같은 건 좋아하지 않는다는 것을 알면서도
습관처럼 그 사람을 기다리게 된다.

자꾸만 시선이 머물고, 이것저것 챙겨주게 된다.
수많은 사람들 중에서도
그 사람이 내 눈에 먼저 들어오고
시끌벅적한 사람들 틈 속에서도
그 사람의 목소리가 먼저 들어온다.

내가 언제부터 그 사람을 좋아했는지 모르는 것처럼
내가 언제까지 그 사람을 좋아할 것인지도 모르겠다.

몰라서 더 힘들다.

주기만 하는 사랑에
익숙해지는 내가 싫다

주는 사랑에 점점 익숙해지는 내가 싫다.

주기만 하다보니 자연스럽게 자존감은 낮아지고
나 자신을 사랑하는 것보다
남을 사랑하는 것이 더 쉬워졌다.
나 자신을 먼저 사랑해야
남에게 사랑받는다는 것을 알면서도
나보다 더 좋아 보이는, 남을 사랑하는 게 먼저가 된다.

나부터 챙겨보자고 아무리 노력을 해봐도
어느새 다른 사람부터 챙기고 있는
나 자신과 마주하게 된다.

그러다보면 결국 주는 것이 더 많아지고
내가 준 만큼 받고 싶은 기대도 커지게 된다.
받고 싶은 마음의 크기를 상대방은 모르니까
내가 원하는 만큼의 마음을 줄 리가 없고
그러다보면 결국 혼자서 상처를 받게 된다.

'나도 받고 싶다.
내가 준 만큼 받아보고 싶다.'

짝사랑의
가장 큰 문제점은 무엇일까

짝사랑의 가장 큰 문제점은
'혼자 쓰는 소설'이라는 것이다.

아무 의미 없이 던진 말을 자신이 원하는 대로 부풀려서
거기에 그 사람의 감정을 담고, 자기 혼자서 연애를 한다.

자신이 만든 헛된 환상에 온갖 살을 덧붙여서
결국 그 환상을 사실처럼 만들어버린다.

상대방의 의도와는 상관없이 그 사람의 행동을 통해서
설렘을 느끼기도 하고, 배신감을 느끼기도 한다.

그렇게 혼자서 짝사랑이라는 소설을 쓰다가
결국 나중에는,
내가 그 사람을 좋아하는 것인지
내가 만들어놓은 그 사람을 좋아하는 것인지
구분하지 못하게 된다.

헛된 희망이
괴롭혀도

어차피 네가 나에게 마음을 주지 않는다는 것을 알면서도
나는 왜 네가 포기가 안 되는 것일까.

어차피 네가 내 마음을 채워주지 않는다는 것을 알면서도
나는 왜 너에게 바라고 있는 것일까.

억지로 너를 붙잡고 있다는 것을 알면서도
나만 놓으면 다 끝난다는 것을 알면서도
나는 차마 네 손을 놓을 수가 없었다.

나는 아직 너를 좋아하니까.
아무렇지 않을 자신이 없으니까.

내가 이렇게 조금만 견디면
네가 나를 한 번쯤 봐줄까 헛된 희망을 품고 있으니까.
그 헛된 희망이 나를 괴롭혀도,
그래도 난 좋았으니까.

좋아해서
미안했어요

그 사람을 처음 만났던 그날,
그 사람에게 허락도 받지 않은 채
나 혼자 멋대로 반해서 좋아하기 시작했다.
그 사람이 나의 '선배'라는 이유로
내가 그 사람의 '후배'라는 핑계로
그 사람 곁에 계속 머물렀다.
필요한 건 챙겨주고, 어려운 건 도와줬다.

하루 일과가 끝나면 오늘도 고생 많았다면서
공적인 연락을 가장한, 사적인 연락을 주고받았고
뻔히 알면서도, 혼자 할 줄 알면서도
그 사람과 눈을 한 번이라도 더 맞추려고
일부러 모르는 척, 못하는 척하면서
그 사람에게 도움을 요청했다.
나 혼자서 하는, 그런 의미 없는 밀당 덕분에
그 사람과 나는 가까워질 수 있었다.

먼발치에서 지켜볼 때에는 아무런 생각도 들지 않았는데,
어느 정도 친해졌다고 생각하니 점점 욕심이 났다.
이러지 말아야지 하면서도, 자꾸만 다가가고 있었다.
우리가 가까운 사이라는 걸
다른 사람들에게도 티 내고 싶었고,
나를 특별하게 생각해준다는 걸 온몸으로 느끼고 싶었다.
좋아하니까
특별해지고 싶은 마음이 드는 건, 당연한 거니까.

계속 다가가는 내 마음을 눈치챈 건지 아니면
부담을 느낀 건지
그 사람이 내게 한마디했다.
"조금 조심스럽네. 우리가 자꾸 엮이는 것 같아서.
다른 사람들 눈에 우리가 어떻게 비칠지 모르잖아.
조심해서 나쁠 건 없으니까.
나중에 괜히 신경쓰일 상황, 안 만드는 게 좋지 않을까?"

선이 그어졌다.
더이상 넘어오지 말라는 선.
차가운 그 한마디에 모든 것이 정리되었다.
보이지 않는 선 때문에 모든 것이 멈췄다.
나 혼자 설레발치던 착각도
머릿속에서만 꿈꾸던 연애도
사소한 것에도 두근대던 설렘도
나를 후배 이상으로 생각하지 않는다고
더이상 다가오지 말라고
빙빙 돌려서 말한 그 사람의 말에 모든 것이 끝났다.

그런데 참 우스운 건,
서운한 마음과 함께 고마운 마음이 들었다.
좋아하는 그 마음을 이용하지 않아서.
받아줄 듯 말 듯 희망고문하지 않아서.

서운한 마음이 살짝 들다가도 이내 그 마음을 감추었다.
생각해보면, 나는 그 사람에게
서운해할 권리가 없는 존재이기 때문이다.
그 사람이 그렇게 말한다고 해서
내가 그 사람에게 서운하다고 말할 자격 같은 건 없는,
한낱 후배일 뿐이기 때문이다.
그가 아는 수많은 사람 중에서 흔하디 흔한,
한 사람이기 때문이다.

고마워요.
이렇게 정리할 수 있게 도와줘서.
마음을 줄 듯 말 듯 간 보지 않고, 딱 잘라 선을 그어줘서.

물론 아직도 당신을 좋아하지만,
이제는 더이상 당신 때문에
감정이 오르락내리락하지도 않고
연락을 해볼까 말까 수십 번 고민하지도 않고
내가 보낸 문자에 언제쯤 답장이 올까
애태우며 기다리지도 않게 되었어요.

좋아해서 미안했어요.
부담 줄 생각은 없었어요.
불편하게 할 생각도 없었어요.
그냥 좋아해서, 좋아해서 그랬어요.

의미 없는
노력

어떤 생각을 하든
어떤 행동을 하든

결국 그 사람과 연결시키는
나 자신이 한심하게 느껴진다.

페이스북 게시글에 '좋아요'를 누르는 것도
혹시나 그 사람이 볼까봐

카카오톡 상태메시지도
혹시나 그 사람이 볼까봐

사소한 것 하나에도 신경을 쓰며
움직이게 된다.

비록 그 사람에게는 닿지 않는
의미 없는 노력이지만.

꽤 긴 시간이 지났음에도
카톡을 읽지 않는다는 것

꽤 오랜 시간이 지났음에도
당신의 카톡을 읽지 않는다는 것은
당신을 그저 그런 존재로 생각하고 있다는 의미이다.

핸드폰이 고장났다거나,
바쁘다거나 사고가 났기 때문이 아니다.
당신이 받을 상처를 걱정해야지
그 사람을 걱정할 때가 아니다.

바빠서 약속을 미룬 뒤에 다시 약속을 잡지 않는다면
당신과의 만남이 귀찮거나 단둘이 만나기 싫다는 의미이다.

상대방에게 시간을 내는 것은 마음먹기 나름이다.
그 사람의 바쁜 일정을 걱정하며
괜히 마음 쓰지 않는 것이 좋다.

당신이 그렇게까지 표현하는데
그 사람이 당신의 마음을 모를 리 없다.

어장관리를 당해본 당신이
한 번쯤 느껴봤을 씁쓸함

몇 시간이 지나도 카톡에서 숫자 1은 사라지지 않았어.
미리보기 창으로 봐놓고서 안 읽은 척하는 거니까.

카톡 메시지를 이어가려고 노력해도 대화는 툭툭 끊어졌어.
그런 내 마음을 알면서도 너는 단답을 보내는 것이니까.

나에 대한 관심이 딱 그 정도밖에 안 되니까.
내 마음이 어떻게 되든 넌 상관 안 하니까.

네가 심심할 때 어쩌다 보낸 카톡이라는 것을 알면서도
세상을 다 가진 것처럼 나는 마냥 좋았어.
그래도 내 생각을 하는 것 같아서 희망이 있다고 생각했어.

근데 있잖아.
사실 네가 날 정말 좋아했으면
네가 심심할 때만 연락하는 것이 아니라,
하루가 부족할 정도로 연락했을 텐데.

바보처럼 난 그것도 모르고
너에게 마음을 다 써버렸네.

자존감 낮은
짝사랑

자존감이 낮은 사람일수록
마음을 표현하는 것을 더 어려워한다.

'저 사람이 나 같은 사람을 좋아할 리 없어'라는
생각으로 단정짓고
'내가 아무리 노력해도 의미 없을 거야'라는
마음으로 포기한다.
그렇게 매번 짝사랑만 하면서 속앓이를 하다가 끝낸다.

자신감 있고 당당하게 행동하면
자신을 좋아해줄 사람이 많은데도
자존감이 낮기 때문에 먼발치에서 바라만 보는 것이다.

건강하지 못한 짝사랑을 계속 반복하다보면
자신은 사랑받을 자격이 없는 사람이라고
스스로를 비관하게 되며
나중에 자신을 좋아해주는 사람이 다가와도
마음을 열지 못하게 된다.

사람의 마음에
들어가기 위해 기억해야 할 것들

내가 정말 좋아했던 사람이 있었다.
그래서 나는 그 사람에게 늘 먼저 연락하며,
필요한 것들을 챙겨주었다.
그 사람의 마음을 얻기 위해서
내가 할 수 있는 노력은 다 했던 것 같다.

하지만 내가 아무리 잘해줘도
그 사람은 나를 봐주지 않았다.
나는, 나를 좋아해주지 않는 그 사람을
속으로 원망했었다.

어느 날, 나를 정말 좋아해주는 사람이 생겼다.
그 사람은 나에게 항상 먼저 연락해주며,
이것저것 챙겨주었다.
내 마음을 얻기 위해서 온갖 노력을 다 하는 게 보였다.

하지만 그 사람의 노력이
나에게는 '고마움'이 아니라 '부담'이었다.
완곡하게 거절했다고 생각했는데
눈치 없이 연락하는 그 사람이
부담스럽게 느껴졌고,
그럴수록 그 사람을 피하고 싶었다.

그때 나는 깨달았다.
사람의 마음에 들어가기 위해서는
얼마나 노력했는지가 아니라
얼마나 서로 마음이 통했는지가 중요하다는 것을.
아무리 잘해줘도 싫은 건 싫은 것이고
아무리 못해줘도 좋은 건 좋은 것임을.

연애를 하는 것이 아니라
관심을 구걸하고 있었다

나는 너에게 딱 그 정도밖에
안 되었던 것이다.

하지만 그 사실을 인정하기에는
나의 용기가 부족했다.

너 때문에 수백 번을 울어도,
마음이 쓰리더라도
너와 헤어질 용기는 없었으니까.

그래서 나는 오늘도
너에게 사랑을 구걸한다.

너에게 사랑받기 위해서가 아니라,
너랑 헤어지지 않기 위해서.

의무적으로 하는 연락은
나를 비참하게 만들었다

그 사람의 답장에서 느꼈던 점은 딱 하나였다.
'답장을 하기는 싫은데 그렇다고 안 할 수는 없고.'
답장을 할 수밖에 없게끔 질문을 담아 문자를 보내니까
억지로 답장하는 듯한 느낌을 지울 수가 없었다.

점점 늦어지는 답장에 귀찮다는 듯한 대답에
나 혼자 안간힘을 쓰고 있다는 게 보였다.
나만 좋아하고 있는 것 같아서 비참하고 씁쓸했다.

그래도 참 우스운 건, 그런 답장을 받으면서도
그 사람과 연락하고 싶은 마음이
사라지지 않는다는 것이다.

그래도 참 허무한 건, 그런 답장이라도 받으면
언제 화가 났느냐는 듯 내 마음이 풀린다는 것이다.

모든 걸 알면서도 나는
그 사람을 벗어나지 못했다.

계절이 돌아오는 것처럼
당신도 다시 내게 온다면

너는 나에게 봄이었다.
하나의 계절이었고, 큰 의미였다.
내 마음에 꽃을 피웠고, 봄바람을 일게 하였다.

하지만 너는 피어 있는 꽃에 관심조차 주지 않았고
기분좋은 봄바람조차도 비를 내려 멈추게 만들었다.

그렇게 너는,
나의 봄을 밀어내고 있었다.

나는 너에게
흩날리는 벚꽃잎 중 하나였을까.

차가운 빗방울에 힘없이 떨어져도
누구 하나 알아주지 않는
수많은 벚꽃잎 중 하나였을까.

한 걸음,
다가와줄래요?

오늘 핸드폰을 바꾸러 갔어요.
핸드폰을 바꾸면 그동안 나눴던 대화가 다 지워지니까,
왠지 아쉽더라고요.
그래서 핸드폰을 바꾸러 가는 길에
당신과 나눴던 대화창을 열어 되새겨봤어요.
그동안 우리가, 참 많은 대화를 나눴더라고요.
생각했던 것보다 우리가 꽤 가까운 사이였더라고요.

당신과 오랜 시간을 함께 보낸,
친한 사람들도 듣지 못했을 당신의 얘기를 듣고 있었고
차마 남들에게 말하지 못했던 숨겨왔던 저의 고민을
당신에게 얘기하고 있더라고요.
매일매일 하루도 빠짐없이,
밤 10시 30분이면 우리는 얘기를 나누고 있었고
오늘 하루는 무슨 일이 있었는지
당신에게 조잘조잘 얘기하고 있더라고요.
처음 만난 순간부터 연락을 해서 그런지
익숙한 습관처럼 박혀 있었나봐요.
특별한 대화였다고 생각하지 못했어요.

지난 대화를 올려보니,
저는 항상 10시 30분이 되기를 기다리고 있었나봐요.
당신과 연락하고 싶어했고
당신의 내일을 궁금해했고
당신에게 칭찬받고 싶어했어요.
그걸 보고 알았어요.
제가 당신을 좋아하고 있다는 것을.

그전까지는 몰랐어요.
당신은 제게, 그저 편한 사람인 줄 알았어요.
당신은 내 얘기를 잘 들어주니까
당신이 하는 얘기가 재미있으니까
그냥 이대로 편한 사이가
될 수 있으면 좋겠다고 생각했어요.

그런데 이제는 아니에요.
특별한 사이가 되고 싶어졌어요.

기분좋은 일이 생기면 당신에게 가장 먼저 얘기하고 싶고
우울하고 슬픈 일이 생기면 당신에게 기대고 싶고
맛있는 걸 먹은 다음에는
당신과 같이 먹고 싶다는 생각이 떠올라요.
당신을 생각하다보면 괜히 웃음도 나오고,
문득 보고 싶어지기도 해요.

알고 있어요.
지금 당장은 제게 못 온다는 것을.
일이 많아서 잠자는 시간조차 고파하는 당신이라는 것을.

그래도 저는 괜찮아요.
그냥 지금처럼 웃어주기만 하면 돼요.
어젯밤에 나눴던 대화처럼,
내일은 무엇을 할 건지 얘기하면서
하루의 끝을 같이하기만 해도 좋은걸요.
그것만으로도 제게는 봄인걸요.

비 오는 날을 정말 싫어했는데,
비 오는 날이 좋다는 당신의 한마디에
요즘은 비 오는 날도 좋아지려고 해요.

제 목소리가 정말 좋다는 당신의 말에,
일부러 음성메시지를 녹음해서
장난스럽게 당신에게 보내기도 했어요.
말을 예쁘게 해줘서 고맙다는 당신의 사소한 칭찬에,
저는 그날 이후로 말을 더 예쁘게 하려고
노력하는 사람이 되었어요.

저는 당신의 웃는 모습을 참 좋아했어요.
그래서 무엇이든지 열심히 하려고 했어요.
좋은 결과를 갖고 오면,
당신이 웃으면서 쓰담쓰담해주니까.
그 한 번의 미소를 보기 위해서
그 한 번의 칭찬을 듣기 위해서
잘하려고 노력했어요.
예쁨받고 싶었고, 사랑받고 싶었어요.
다른 사람은 몰라도 당신에게만은.

저는 지금 당신이 그어놓은 선 끝에 서 있어요.
이 선을 넘어갈까 말까 수백 번, 수천 번을 고민했지만
차마 넘어가지는 못하겠더라고요.
제멋대로 커져버린 저의 마음 때문에
혹여나 당신이 부담을 느낄까봐.
좋았던 우리 사이마저 멀어져서
얘기조차 못하는 사이가 될까봐.

당신이 저를 잘 알잖아요,
제가 어떤 사람인지.
걱정도 많고 생각도 많은, 답답한 사람이라는 것을.
수많은 질문과 수많은 확신이 있어야,
비로소 안심하는 사람이라는 것을.
당신과 함께 걷고 싶은 마음도 크지만
당신을 잃고 싶지 않은 마음이 더 커서,
모든 게 조심스러운 사람이라는 것을.

당신이 용기내서 한 걸음 다가와주면
괜히 못 이기는 척 두 걸음 다가갈 수도 있는데.
한 걸음, 다가와줄래요?

왜 나를
어장 속 물고기로 취급하는 걸까

내가 오랫동안 좋아했던 그 사람은,
필요한 일이 있을 때만 나를 찾았다.

그래도 나는 거절할 수가 없었다.
어쨌든 도움을 핑계삼아서
그 사람의 얼굴을 볼 수 있었으니까.

자존심 같은 것은 어찌되어도 좋았다.
나를 필요로 한다는 것 자체만으로도
나에게는 큰 행복이었으니까.

그런데 시간이 지나니까 조금은 화가 났다.
'왜 나를 어장 속의 물고기 취급하는 거지?'

그런데 돌아보니 내 생각은 틀린 것이었다.
물고기가 되는 것은 언제든지 내 쪽에서 그만둘 수 있었다.

충분히 포기할 수 있었는데 내가 하지 않은 것이었다.
그 사람을 탓할 수 없었다.
나 혼자서 좋다고 따라다닌 거니까.

의도치 않은 어장관리에
상처를 받았다

그냥 너는 모든 사람들에게 친절한 사람이었던 것이다.
내가 좋아서, 너에게 특별해서 잘해준 것이 아니라
너는 그냥 누구에게나 쉽게 웃어주는 사람이었고
바보같이 나 혼자 착각한 것이었다.

그냥 너는 나쁜 사람이 되기 싫었던 것이다.
내가 보고 싶어서, 너에게 소중해서 받아준 것이 아니라
단지 싫은 소리를 하고 싶지 않았던 것이었고
사귀고 싶은 마음까지는 아니라고 말하는
나쁜 사람이 되기 싫었던 것이다.

바보같이 그런 너의 마음도 모르고
나는 너의 말 한마디에 온갖 의미를 부여했다.
너의 마음이 아니면 아니라고 말해주는 것도
하나의 '용기'이다.

싫은 소리 할 줄 모르는 너는,
착한 사람이 아니라 용기가 없는 사람이다.

나 때문에 상처받지 마
— 그 남자의 속마음

올해 1월 초 유난히 추웠던 그날, 그 사람을 처음 만났다.
새하얀 피부, 찹쌀떡 같은 볼, 까맣고 긴 생머리에
매력적인 눈을 가지고 있었다.

차가운 첫인상과는 달리 같이 지내면 지낼수록
따뜻한 사람이라는 걸 느꼈다.
사람들과 잘 어울리고, 잘 웃고,
다른 사람을 잘 배려해줬다.
그 사람의 말 한마디가,
그 사람이 가지고 있는 생각이 정말 예뻤다.

대화를 하면 할수록 그 사람에 대한 욕심이 생겨났다.
내 옆에만 있었으면 했다.
내 사람이었으면 했다.

그 사람이 다른 남자 앞에서
환하게 웃을 때면 질투가 났다.
그 사람이 지나갈 때마다 못 본 척하면서도
모두 내 눈에 담았다.
일에 치여 살던 내 일상이 그 사람 덕분에
조금은 버틸 만해졌다.
소소한 행복이 찾아왔다.

그러다가 문득 정신이 들었다.
나라는 사람이 어떤 사람이었는지
예전의 아픈 기억이 떠올랐다.
나 때문에 아파했던,
나 때문에 상처받았던 과거의 사람이 떠올랐다.

그 순간부터 나는,
그 사람을 밀어내기 시작했다.
거리를 두기 시작했다.
지금 내 삶에 그 사람이 들어온다면
다칠 것이 뻔했기 때문이다.
나는 지금 여유가 없는 상황이고,
그런 나 때문에 끙끙 앓으며
마음고생할 그 사람의 모습이 뻔히 보였다.

여전히 좋아하지만,
아직도 그 사람의 연락 한 통에 미소가 지어지지만,
내 욕심 때문에
그 사람을 내 삶으로 끌어들일 수는 없었다.
그 누구와 연애를 한다 해도 아깝다고 느낄 정도로,
그 사람은 좋은 사람이었기 때문이다.

그래서 나는 그 사람에게
내 마음을 내비치지 않기로 했다.
그냥 지켜보는 것만으로도,
내 옆에서 가끔씩 웃어주는 것만으로도,
나는 괜찮으니까.
움직이지 않는 내 마음 때문에
그 사람이 지쳐서 그만할 때까지
나는 그 사람 옆에서 머무를 생각이다.

지금처럼
밥은 잘 먹었는지 집에는 잘 들어갔는지
오늘 하루는 어땠는지
그렇게 친한 오빠처럼 챙겨주면서.

혼자 사랑하다가 끝낼게
— 그 여자의 속마음

올해 1월 초 유난히 쓸쓸했던 그날, 그 사람을 처음 만났다.
깊은 눈, 매끄러운 손, 까맣고 정돈된 머리에
매력적인 목소리를 가지고 있었다.
그 사람의 웃는 모습을 보고 나는 첫눈에 반했고
그 사람 옆에 있고 싶다는 마음이 들었다.

일을 핑계삼아서 연락 한 통을 더 했고
동료라는 것을 핑계삼아서 안부를 물었다.
그렇게 조금 더 친해지고 나서는 사적인 얘기도 나누었다.
아무한테도 하지 않았던 나의 속얘기도 했다.
처음에는 그 사람도 나에게
아무런 관심이 없는 듯 답장도 느리게 하고
그 답장도 내 물음에 대한 대답뿐이었지만
지금은 그 사람도 힘들었던 하루에 대해서 얘기하고
바쁜 일상 속에서도 잘 연락해주고
나에 대한 기분좋은 간섭을 해준다.

그 사람의 웃는 모습이 사진으로 찍어놓은 것처럼
내 머릿속에 박혀서
하루종일 나를 즐겁게 했다.
하루를 버겁게 살던 내가
오늘밖에 모르며 살던 내가
내일을 기다리게 되었다.

그렇게 서로가 가까워질 때쯤
그 사람은 내게 거리를 두기 시작했다.
자기는 좋은 사람이 아니라며
오고가는 대화 속에서 선을 그었고,
자기는 상처만 주는 사람이라며
아픈 과거로 나를 밀어냈다.
나를 밀어내는 그 사람에게서,
자책하고 두려워하는 그 사람에게서
그동안 그 사람이 받았던 상처가 보였다.

나는 단지 좋았다.
그 사람이 나를 보고 웃는 게,
그 사람이 내 이름을 불러준다는 게,
그냥 멀리서 보는 것만으로도
그 사람이 내 옆을 지나가는 것만으로도
설렘을 느낄 만큼 좋았다.
그 사람이 바쁜 건 나에겐 아무런 상관이 없었다.
그냥 지금 이 순간이 좋았으니까.

정말 오랜만에 찾아온 감정이었다.

그런데 그 사람이 자꾸 선을 그으니까
나도 더이상 어떻게 해야 할지 방법이 떠오르지 않았다.
오랜 시간을 고민하다가
내 마음을 더이상 표현하면 안 되겠다는 생각이 들었다.

겁이 났기 때문이다.
내가 다가가면 더 멀어질까봐.
괜히 욕심내다가 지금 이 관계도 무너질까봐.

내 마음을 표현하지 않는 게 제일 좋은 방법인 것 같아서
그냥 혼자 하기로 했다.
그 사람에게 피해가 가지 않도록
혼자 조용히 사랑하고 혼자 끝내기로 했다.

지금처럼
밥은 잘 먹었는지 집에는 잘 들어갔는지
오늘 하루는 어땠는지
그렇게 친한 동료처럼 챙겨주면서.

손해 봐도
괜찮다

사랑하는 사람인데 잡혀서 살면 좀 어때.
내 편이고 내 사람인데 져줄 수도 있는 거지.

너무 억지스럽지만 않다면 내가 한 걸음 물러서자.
손해와 이익을 따져가며 마음을 재지 말자.
당신이 손해 보는 상황이라고 할지라도
어차피 이익은 내 사람에게 간다.

사회생활에서도 머리 쓰기 바쁜데,
사랑에까지 머리를 쓴다면
당신의 마음도, 당신의 사랑도 너무 메마르지 않을까.

자존심 싸움하지 말고 당신이 조금 더 양보하자.
내가 사랑하는 사람이니까.
나를 사랑해주는 사람이니까.

당신을 향한 나의 사랑이
하루빨리 끝났으면 좋겠다

억지로 붙잡고 있는 건
인연이 아닌가보다.

나를 떠나기 위해서
핑계를 대는 그 사람을 보니
인연은 내 마음대로 되는 것이
아니라는 걸 느낀다.

그 사람을 사랑하는 이 마음이
빨리 끝났으면 좋겠다.
어차피 그 사람은
나를 사랑해주지 않을 테니까.

나 혼자 붙잡고 있는 이 관계를
얼른 놓을 수 있으면 좋겠다.

이제는,
그만 비참해지고 싶다.

함께 있어줄
사람은 없다

혼자 있을 때보다
수많은 사람들 속에 있을 때 더 외로웠다.

친구들과 어울리고 있지만
나 혼자서 겉도는 것 같았고

아는 사람들은 많이 있지만
진짜 내 사람은 없는 것 같았다.

외로움에 일부러 사람들을 만나도
오히려 더 외로워지는 나였다.

혼자가 되지 않으려고 애써 무리를 지어 친해지려 하지만
그 속에서도 버려지는 사람이 있었고,
결국 내 모습이 더 초라해졌다.

이 세상에는 수많은 사람이 있지만
나와 함께 있어줄 사람은 없었다.

여전히
나는 외롭다

같은 공간에 있어도
나 혼자 있는 느낌.

그 느낌이 나를
무너져내리게 만들었다.

무언가로 가득 채워져 있어도
한가운데가 텅 빈 느낌.

그 느낌이 나를
견디지 못하게 만들었다.

이것저것 손에 쥐고 있어도
중요한 것을 놓치고 있는 느낌.

그 느낌이 나를
숨막히게 만들었다.

하루종일 웃고 떠들어도
정작 행복하지 않은 느낌.

그 느낌이 나를
멈춰 서게 만들었다.

헤어지고 나면 겪는 증상,
사랑에 회의감이 든다

연애를 몇 번 하고 나니까
새로운 사랑을 시작하는 것에 거부감이 든다.

끌리는 사람을 만나기 위해
어색한 자리에 계속 나가야 하고
몇 번 만나서 얘기하다보면
이 사람과의 연애가 이미 머릿속에 그려져서
굳이 더 만나보지 않아도 사귈지 말지 판단이 가능해진다.

각자 다른 습관 때문에 일일이 감정 소모를 해야 하고
이미 익숙해진 데이트 패턴을
또 겪어야 한다는 생각 때문에
혼자가 더 편할 것 같다는 생각을 하게 된다.

영원한 사랑도,
변하지 않는 사람도 없다는 것을 깨달았기 때문에
또 누군가에게 상처받지 않으려고
내 마음을 먼저 보호하게 된다.

이러한 상황이 반복되다보면,
사랑을 마음이 아닌 머리로 판단하는 것에
회의감을 느껴서
새로운 사랑도, 새로운 사람도 모두 거부하게 된다.

인간관계에
회의감을 느낄 때

새로운 사람과 친해지는 일이 너무나도 귀찮아졌다.
사람이 싫어졌다기보다는 거짓웃음을 짓는 게 싫어졌달까.

상대방의 비위를 맞춰줘야 하고,
끊임없이 리액션해줘야 하고.
어차피 떠날 사람은 쉽게 떠나기에
애써 노력하는 것이 귀찮아졌다.

예전에는 인맥이 넓어야만 가진 것이 많은 줄 알았는데
꾸준히 연락하는 몇 사람만 있어도 행복하다는 것을 느꼈다.

이 사람 저 사람 만나봤자
더 외로워진다는 것을 알기 때문에
결국 나는 혼자를 선택했고,
그것이 더 편하다고 믿으며 살고 있다.

존경의 대상이 되기 위해 반드시 갖춰야 할 조건

관계를 오래 유지하기 위해 꼭 알아야 할 사실 중 하나는
말보다 행동을 더 중요하게 여겨야 한다는 것이다.

어떠한 달콤한 말을 꺼내도
그 말이 행동으로 옮겨지지 않으면
나중에는 오히려 독이 되어서
의심까지 하게 되는 상황이 온다.

허세와 허풍이 통하는 유통기한은 생각보다 짧다.

자신이 한 말을 행동으로 옮겨서
약속을 잘 지키는 사람은
무한한 신뢰를 얻게 되며 존경의 대상이 된다.

훌륭한 말만 꺼내는 사람이 아니라
훌륭한 행동까지 하는 사람이
정말 좋은 사람이며, 곁에 두고 싶은 사람이다.

혼자 있는 시간의
즐거움

외로움을 많이 타면서도 혼자 있는 것을 더 좋아한다.
이유는 모르겠다.
그냥 혼자가 더 편하다.

친구들에게 외롭다고 말하지만
누군가를 만나고 싶지는 않다.
다른 사람을 만날수록 외로움은 점점 더 커지니까.

혼자 무언가에 집중하면서 시간을 보내는 것이 더 즐겁고
누군가와 엮이지 않는 것이 마음은 더 편하다.

외로움을 많이 타지만 죽을 만큼 외롭지는 않기에
혼자 걷는 법을 배워나간다.

질기다

하루가 부족할 정도로 다퉜으면서
무엇 때문에 너를 끊어내지 못하는지.

눈이 퉁퉁 붓도록 울었으면서
왜 네가 미워지지 않는지.

분명히 또 반복될 것을 알면서도
괜찮아질 것이라고 기대하는 내가 밉다.

너에게 계속 상처를 받으면서도
너를 용서하는 내가 밉다.

너와 나의 관계가
지긋지긋할 정도로 질기다.

새로운 사랑을
시작하지 못하다

정말 사랑했던 사람과 헤어진 상처가 너무 커서
지금 사귀고 있는 사람과의 연애가 행복해도
자꾸만 최악의 경우를 생각하게 된다.

아무리 사랑해도 헤어짐이 있다는 것을 아니까.
이 세상에 영원한 건 없다는 것을 이제는 아니까.

언젠가는 이 사람도 변하리라는 걸 알고 있고
그 순간에 상처받는 사람은 나라는 것을 잘 알기 때문에
모든 것을 주지 않고, 모든 것을 믿지 않게 된다.

수많은 일을 겪고 나니
나는 겁쟁이가 되어 있었다

이 사람은 내게 어떤 행복을 줄까
기대하는 것이 아니라

이 사람은 내게 어떤 아픔을 줄까
걱정부터 하게 된다.

이 사람은 내게 어떤 믿음을 줄까
궁금한 것이 아니라

이 사람은 내게 어떤 실망을 줄까
두려움부터 가지게 된다.

이 사람은 내게 어떤 추억을 줄까
두근대는 것이 아니라

이 사람은 내게 어떤 상처를 줄까
불안함부터 품게 된다.

수많은 일을 겪고 나니
나는 겁쟁이가 되어 있었다.

마음이 약한 사람일수록
감정에 솔직하지 못하다

마음이 약한 사람일수록
하고 싶은 말을 참는 것 같다.

혹시나 내가 꺼낸 말이 상대방에게 상처가 될까봐
오랫동안 고민하다가 결국 말을 꺼내지 못한다.

마음이 약한 사람일수록
눈물을 참는 것 같다.

지금도 내 모습이 초라하게 느껴지는데
눈물까지 보이면 더 약해질까봐
뒤돌아서 애써 눈물을 삼키며 혼자 마음을 추스른다.

그래서 마음이 약한 사람일수록
자신의 감정에 솔직하지 못하다.

사연을 읽어주는 여자

보여주기 싫은 내 모습을
감추기 위해 가면을 쓴다

나는 항상 사람들 앞에서
'가면'을 쓰려고 했던 것 같다.

모든 사람에게 밝고 유쾌한 사람으로 보이기 위해서
나에게 맞지도 않는 '불편한 가면'을 썼던 것 같다.

사실은 나도 울고 싶을 때가 있는데
정말로 나도 화를 내고 싶을 때가 있는데

다른 사람들의 눈에 비칠 내 모습을 걱정하느라
모든 순간에 솔직하지 못했던 것 같다.

작고, 초라하고, 나약한 내 모습을
다른 사람들에게 보여줄 '용기'가 나지 않았던 것 같다.

피곤하다고 말하면서도
자꾸만 늦게 잠드는 이유

잠드는 시간이 자꾸 늦어지는 것 같다.
이대로 하루를 끝내기가 아쉬워서일까.

나만의 시간을 가지지 못하고 일과 공부에 치여서
지친 몸을 이끌고 누우니
이대로 자는 게 아깝다고 느껴진다.
그래서 계속 스마트폰을 들고서 뭐라도 하며
내 시간을 가지려고 발버둥친다.

불을 끄고 누워서 핸드폰에 충전기를 꽂고
몇 시간 동안 만지작거리다가
눈이 피로해질 때쯤 겨우 잠든다.

내가 정말 하고 싶은 것만 하면서 시간을 보내고 싶다.
지금은 내 하루에 대한 만족감이 채워지지가 않는다.

가식적이라도
괜찮다

착하지 않은 사람은 착한 척도 못한다.

착한 척하는 것은 가식이 아니라
남에게 미움받지 않으려는 자기방어적인 노력이다.

그러니 너무 자학하지 않아도 된다.

남들 때문에 착해 보이려고 노력하는 행동들도
남에게 사랑받고 싶어하는 내 모습 중 하나인 것이다.

나쁜 것이 아니라, 약한 것일 뿐이다.

쉼 없이
달리다가 문득

쉼 없이 달려야 하는 현실이
가끔은 버겁게 느껴진다.

쉬어가면서 하라고 말은 해주지만
차마 쉴 수 없는 현실이기에.

항상 잘해야 하는 것이
가끔은 부담스럽게 느껴진다.

못해도 괜찮다고 말을 해주지만
잘해야만 살아남는 현실이기에.

눈물조차 흘리기 힘든 현실이
가끔은 답답하게 느껴진다.

울어도 된다고 말은 해주지만
강한 사람을 원하는 현실이기에.

질투는
순간이다

그 사람의 능력을 질투하는 것은 '순간'이다.
순간의 감정에 흔들려서 일을 그르치지 마라.
감정을 다룰 줄 알아야 진정한 '어른'이다.

질투를 내비치는 순간,
당신은 그 사람에게 지는 것이다.
자신이 그 사람보다 부족하다는 것을
스스로 드러내는 것이니까.

당신이 질투할 만큼의 능력을 가진 그 사람을
당신의 사람으로 만들어서 가까이 지내라.
분명히 그 사람으로부터 배울 점이 보일 것이다.

그 장점을 질투하는 것이 아니라,
인정하고 받아들여라.
그로 인해 당신은 더욱더 발전할 수 있을 것이다.

곁에 두어야 할 사람과
곁에 두지 말아야 할 사람

즐거운 사람의 곁에 있으면 나도 즐거워지고
긍정적인 사람의 곁에 있으면 나도 긍정적인 사람이 된다.

짜증만 내는 사람의 곁에 있으면 나도 짜증이 많아지고
꽉 막힌 사람의 곁에 있으면 나도 시야가 좁아진다.

사람의 감정과 기분은 조금씩 옮아간다.
옮아버린 감정에 익숙해지다보면 습관으로 자리잡고
나의 가치관을 모두 흔들어놓을 수 있다.

당신이 닮아가고 싶은 사람의 곁에 있어라.
그러면 당신도 그 사람처럼 멋진 사람이 될 수 있다.

당신이 생각해도 별로인 사람은 과감히 쳐내라.
그러지 않으면 당신 또한 무너질 수 있다.

곁에 두어야 할 사람과 곁에 두지 말아야 할 사람을
잘 구분해야 한다.

노력과 성실이란 말을
실패의 핑계로 삼지 말 것

노력이라는 단어에 떳떳할 만큼 노력하기를.
성실이라는 단어에 당당할 만큼 성실하기를.

대충 시늉만 해놓고 노력이라는 단어로 포장하지 말고
남들이 시키니까 해놓고
성실이라는 단어로 꾸미지 말기를.

최선을 다하지 않은 자신에게
최선을 다했다고 위로하지 말기를.

지금 당장은 티가 안 나도, 나중에는 결국 티가 나니까.
그때부터 다시 쌓으려고 하면 지금보다 더 힘들 테니까.

꼭 이루고자 하는 꿈이 마음속에 있다면
미래의 나에게 부끄럽지 않도록 순간에 최선을 다하기를.

원석의
가치

공부에 집중하지 않았으면서 밤을 새웠다는 이유만으로
마치 내가 열심히 한 것처럼 스스로를 포장할 때가 있다.
책상에 오래 앉아 있었지만
그 시간 동안 다른 것을 했으면서
그래도 공부하려고 노력했다며 스스로를 위안할 때가 있다.

실제로는 공부한 양도 많지 않고,
공부한 시간도 많지 않은데
나는 할 만큼 했다며 애써 불안한 마음을 감추려 한다.
그래놓고 성적이 잘 나오지 않으면
다른 곳에서 핑계를 찾는다.
가장 근본적인 원인은 자신에게 있는데 말이다.

반복된 실패로 인해
불만이 쌓여서 결국에는 자책하기 시작한다.
'나는 원래 안 되나봐.'
'내가 그렇지 뭐.'
사실 가장 큰 이유는 '제대로 노력하지 않은 것'인데
자신의 능력을 낮게 평가하며 부정의 늪으로 빠져들어간다.

제대로 가공하지 않아서 빛을 내지 못하는 것일 뿐인데
자신은 빛나지 않는 존재라며 온몸에 진흙을 묻히니까
자신이 가지고 있는 원석의 가치를
아무도 알아보지 못하는 것이다.

너의 고민 속에
네 삶의 지문이 있다

어떤 것을 고민할 수 있다는 건
자신에게 선택권이 있다는 의미이다.

어떤 것 중 하나를 선택할 수 있는 권리가 나에게 없었다면
고민조차 하지 못했을 것이다.

스스로 고민할 수 있다면
그것만으로도 즐거운 삶이다.

하나를 정하지 못한 채 고민만 하고 있다고 해서
당신의 소중한 오늘을 불안한 마음으로 보내지 마라.

섣부른 선택으로 후회하며 지내는 것보다
신중한 선택으로 행복해지는 것이 더 낫다.

당신이라는
긴 여행기

무너지고 좌절하는 것도
앞으로 나아가는 과정 중 하나이다.

시간을 낭비하는 것이 아니라 경험을 쌓는 것이다.
당신의 꿈을 향해 걸어가는 여행의 한 장면인 것이다.

잘하고 있으니까 자책하지 마라.
지금은 이렇게 상처를 받으며 아파하고 있지만
이러한 과정이 지나고 나면 꿈이 더 선명해져 있을 것이다.

시간을 낭비하는 것이 아니니까
불안해하지 마라.

불안한 미래가
걱정스러운 당신에게

내가 지금 걸어가고 있는
이 길의 끝자락에

행복이 기다리고 있기를
간절히 바란다.

내가 지금 바라보고 있는
이 시선의 끝자락에

나를 위해 핀 꽃 한 송이가
놓여 있기를 바란다.

지금 내가 겪고 있는
이 시련들이

나중에 뒤돌아봤을 때
아무 일도 아니었다는 듯이

미소를 지으며 흘려 보낼 수 있는
추억으로 남기를 소망한다.

○　기대를 지우고
실망을 감추며
난 다시 너를

○　　**4 부**

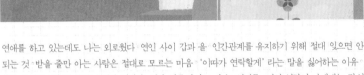

연애를 하고 있는데도 나는 외로웠다 연인 사이 갑과 을 인간관계를 유지하기 위해 절대 잊으면 안
되는 것 받을 줄만 아는 사람은 절대로 모르는 마음 '이따가 연락할게' 라는 말을 싫어하는 이유
사랑이 변한 것일까 사람이 변한 것일까 연락 때문에 울고 웃는 연인들 너의 연락이 나에게는 관심
이고 사랑이었다 너의 눈치를 본다는 것은 그만큼 널 좋아한다는 것이다 언제부터인가 내가 참는
것이 너에게는 당연한 권리가 되었다 오래 연애하기 위해서 다짐해야 할 네 가지 약속 한 사람과
연애를 할 때 힘들다고 느껴지는 이유 사랑도 계속 보살펴줘야 유지할 수 있는 것이다 연애를 하다
보면 엄청 싸우는 시기가 온다 추워도 축구는 하더라 나의 애인은 잠이 너무 많다 말없이 연락이
두절되는 당신에게 하고 싶은 말 연애한 지 1년 정도 지나면 공감하는 글 나와는 달리 너무 태연
한 너를 보며 한여름의 사랑 사랑받으려고 발버둥치는 내 모습이 안쓰럽다 너무 사소했던 이별
헤어지자고 말한 건 나인데 밥은 먹고 일하느냐고 그 사람이 물었다 헤어지고 나서 씁쓸함을 느낄
때 드는 여자의 생각 오랫동안 연락이 없는 건 내 생각을 안 한다는 것 그럼 그런 사람 만나 대화
만 하면 죄인이 된다 애정표현을 안 하는 애인 나를 사랑하지 않는 걸까 당신의
애인은 천사가 아니라 평범한 사람일 뿐이다 어른의 연애 권태기를 탓하는
건 아닐까 사소한 것으로 당신에게 서운하다고 표현하는 사람 서로의
간격이 좁혀지지 않을 때 사소한 빈틈에 스며든 이별의 예감 행복하게
연애하고 있는데 헤어짐을 상상하는 이유 간절함을 느끼는 쪽은 왜 항
상 나일까 일방적으로 시작된 연애 이젠 제발 그만 싸우고 싶다 전 남
친에게 연락해도 될까 아직도 미련이 남아 있다면 좋아하는 사람에게
집착하는 이유는 무엇일까 혼자가 더 낫다고 느낄 때 우리는 이별을 결심
한다 약속 삼십 분 전 취소

연애를 하고 있는데도
나는 외로웠다

하루종일 너만 기다리는 사람이 되지 않으려고
안간힘을 써가며 노력하는데,
마음처럼 안 될 때는 어떻게 해야 할까.

네가 아닌, 나 자신을 위해서 있는 힘껏 살아보려고
너를 기다리는 시간조차 없을 정도로 바쁘게 살아보려고,
친구도 만나고 공부도 하고 운동도 시작하고
책도 읽어봤지만
너로 인해 생긴 빈자리는
그 무엇으로도 채워지지가 않았어.
그 어떤 것으로도, 그 무엇으로도
너를 덮을 수 있는 건 없었어.

모든 일정이 끝나면 다시 너로 인해 외로워졌어.
낮에 했던 공부도, 밤에 만났던 친구도
아무 소용이 없어졌어.
다시 네가 보고 싶어지고, 다시 네가 그리워졌어.

22

네가 바빠서,
나는 외로웠어.

너는 나의 전부였는데, 나는 너의 일부였으니까.
마음의 크기가 다르니까
마음의 무게가 다르니까
나는 항상 네가 부족하게만 느껴졌어.

그 부족함을 어떻게든 채워보려고 나도 노력해봤는데
텅 빈 마음은 그 무엇으로도 채울 수가 없었어.
네가 아니면 채워지지가 않았어.

연인 사이
갑과 을

연인 사이에는
갑과 을이 없을 줄 알았다.

서로를 사랑하고 있으니까
평등할 줄 알았다.

하지만 아니었다.
내 착각이었다.

늘 기다리는 입장인
'을'이 존재하고

똑같은 크기로 사랑하는 것은
불가능하다는 것을 알았다.

나는 을이었고,
더 많이 사랑하는 쪽이었다.

인간관계를 유지하기 위해
절대 잊으면 안 되는 것

인간관계에서 대부분의 불만은
'당연함'에서부터 시작된다.

당연히 이해해줘야 하고,
당연히 좋아해줘야 하고,
당연히 기다려줘야 하고,
당연히 인정해줘야 하는
그 이유 없는 당연함이 기분을 상하게 하는 것이다.

이 세상에 당연한 것은 없다.
잔인하지만, 맞는 말이다.

호의를 당연하게 여기는 순간,
당신 곁에 끝까지 남아줄 사람은
점점 희미해진다는 사실을 잊지 말아야 한다.

받을 줄만 아는 사람은
절대로 모르는 마음

사랑을 받을 줄만 아는 사람은 절대 모른다.
사랑을 주기만 하는 사람의 속이
얼마나 까맣게 타들어가는지를.

기대를 지우고 실망을 감춰야 하는 것이
사람을 얼마나 비참하게 만드는지 절대 모른다.

사랑을 가볍게만 여기는 사람은 절대 모른다.
진심을 다하는 사람의 속이 얼마나 애가 끓는지를.

아무렇지 않은 척해야 하고,
혼자서 스스로를 다독여야 하는 것이
사람을 얼마나 지치게 만드는지 절대 모른다.

'이따가 연락할게'라는 말을
싫어하는 이유

"이따가 전화할게."
"이따가 문자할게."

네가 하는 말 중에서 내가 가장 싫어하는 말이다.
이따가 한다고 해놓고 너는 이따가 안 하기 때문이다.

네가 나중에 연락한다고 말해서
나는 핸드폰만 보며 기다리고 있는데
그런 내 마음도 모르고 너는 늘 먼저 잠들어버린다.

이따가 연락한다고 했으면
정말 이따가 연락을 하든지
이따가 연락을 안 할 것이면
이따가 연락한다는 말을 하지 말든지
둘 중에 하나라도 했으면 좋겠다.

너에게는 무심코 던진 한마디일지 모르겠지만
그 한마디 때문에 나는 너를 기다리게 된다.

사랑이 변한 것일까
사람이 변한 것일까

가끔씩 너와 나누었던 대화창을 올려 볼 때가 있어.
나에게 해준 말이 너무 좋아서 저장도 했어.
그럴 때마다 마음이 조금 아프긴 했어.

예전에는 너와 내가 이렇게 대화를 나눴구나.
예전에는 네가 이렇게 다정했구나.
지금의 우리와는 많이 다르구나.

예전과 비교하지 말자고 계속 다짐해봐도
비교하면 비교할수록 나만 비참해진다는 것을 알면서도,
예전의 대화를 보면
사랑받고 있다는 것을 느낄 수 있으니까
자꾸만 예전으로 돌아가고 싶어하는 나를 발견하곤 해.

그냥 별다른 뜻 없이 얘기하는 거야.
그냥 그렇더라고.

아주 많이는 아니고.
그냥 조금 씁쓸하더라고.

연락 때문에
울고 웃는 연인들

연락이 뭐가 그렇게 중요하다고 다들 싸우고 헤어지는지
너를 만나기 전까지는 나도 이해하지 못했어.
그런데 연애를 하다보니
연락이 정말 중요하다는 것을 깨달았어.

연락의 횟수와 관심의 크기는
비례하지 않는다고 말하던 나였는데
연락이 줄어드는 너를 보니
나한테 관심이 없는 것처럼 느껴지더라.

연락이 뭐가 그렇게 중요하냐고
친구들에게 핀잔을 줬던 나였는데
그때 그 핀잔들이 다시 내게로 돌아와서
마음속에 박히고 있더라.
사람들이 왜 연락을 갈구하는지 이제야 느끼고 있어.

연인 간의 연락은
일상을 묻는 단순한 대화가 아니라
상대방이 나에게 가져주는
사소한 관심으로 느껴지니까
다들 연락 때문에 웃고 운다는 것을 깨달았어.

너의 연락이 나에게는
관심이고 사랑이었다

내가 네 옆에 없어도 네가 내 생각을 하고 있다는 것.
그것을 느낄 수 있는 방법이 나에게는 곧 '연락'이었다.

연락 좀 자주 해달라는 말은
내 생각 좀 자주 해달라는 뜻이었다.
내가 곁에 없는 동안의 네 모습을 눈으로 볼 수 없기에
그나마 붙잡고 있는 연락을 통해서라도
나에 대한 너의 사랑을 확인하고 싶었던 것이다.

연락을 통해서 사랑을 느낀다는 나의 말이
너는 이해가 안 되겠지만
이해가 안 되니까 지금 이 순간조차도
나에게 연락을 안 하는 것이겠지만
나는 네가 대수롭지 않게 여기는 그 연락 한 통에
울고, 웃고, 화나고, 설레고,
하루의 감정이 왔다갔다한다.

너와 나누었던 대화창을 캡처해서 저장하고
너와 나누었던 대화창을 위로 올려서 곱씹으며
그렇게 나는 연락을 통해서 너를 담고 있는데
그런 나를, 너는 알고 있을까.

너의 눈치를 본다는 것은
그만큼 널 좋아한다는 것이다

당신의 사소한 말 한마디에
내가 상처를 받는다는 것은
그만큼 내가 당신을 믿고 있다는 의미이다.

당신의 사소한 눈빛 하나에
내 기분이 바뀐다는 것은
그만큼 내가 당신을 생각하고 있다는 의미이다.

당신의 사소한 행동 하나에
내가 흔들린다는 것은
그만큼 내가 당신을 의지한다는 의미이다.

당신의 사소한 표정 하나에
내 마음이 내려앉는다는 것은
그만큼 내가 당신을 사랑하고 있다는 의미이다.

언제부터인가 내가 참는 것이
너에게는 당연한 권리가 되었다

너의 잘못을 참아주는 이유는
내가 바보라서가 아니라
네가 조금이나마 바뀌고 나아지길 바랐기 때문이다.

하지만 매번 넘어가주니까
언제부턴가 내가 참는 것이
너에게는 '당연한 권리'가 되었고,
내가 받아주지 않으면
내 마음이 변했다며 오히려 네가 나에게 화를 낸다.

너를 사랑하기 때문에
속을 까맣게 태우며
꾸역꾸역 억지로 참아왔던 것들인데
왜 너는 그것을 쉽게 여기는 것일까.

나는 원래부터 참을성이 좋은 게 아니라
너이기 때문에 참을성을 기른 것이었는데.

나는 원래부터 속상함을 모르는 게 아니라
너이기 때문에 속상함을 숨긴 것이었는데.

왜 너는 그것을 당연한 권리라고 생각하는 것일까.

오래 연애하기 위해서
다짐해야 할 네 가지 약속

서로를 사랑하는 마음이 당연한 것이 되었을지 몰라도
사랑한다고 말하는 일을 소홀히 여기지 말자.

다투는 일이 잦아져서 마음이 비틀어질지 몰라도
홧김에 헤어지자는 말은 절대로 꺼내지 말자.

함께 보낸 시간이 길어서 너무 익숙해졌을지 몰라도
서로에게 두근대는 마음을 잃지 않도록 노력하자.

일에 치이고 사람에 치여서 모든 걸 놓고 싶을지 몰라도
우리가 잡고 있는 두 손은 놓지 않도록 노력하자.

한 사람과 연애를 할 때
힘들다고 느껴지는 이유

연애는 마냥 좋고 행복한 일이 아니다.
끊임없이 노력해야 하는 힘든 일이다.

대개 사랑의 시작은 두근대는 설렘이다.
하지만 연애의 시작은 힘겨운 노력이다.

적당히 아는 사람과 감정싸움을 해도
하루종일 마음이 불편한데
사랑하는 사람과의 감정싸움은
비교할 수 없을 만큼 힘들다.

왜 우리 커플만 이렇게 힘드냐며 불평하지 않아도 된다.
다른 커플도 힘듦을 안고 있지만 내색하지 않는 것뿐이다.

시간이 지난다고 해서 다툼이 사라지는 것도 아니다.
예전에 다투던 일이 없어지면
다른 이유로 다툴 일이 또 생긴다.

연애는 원래 어려운 숙제니까
힘들다고 헤어지지 않았으면 좋겠다.
함께 극복해나가는 연애는
눈물이 날 만큼 감격스러우니까.

사랑도 계속 보살펴줘야
유지할 수 있는 것이다

오래 만날수록 편해지기 때문에
조금 소홀해질 수 있다고 하지만
그건 연애를 편하게 하고 싶은 욕심일 뿐이다.

집도 계속 쓸고 닦아야
사람이 지낼 수 있는 공간이 되는 것처럼
사랑도 계속 보살펴줘야 연애를 유지할 수 있는 것이다.

귀찮다고 청소를 미루는 순간,
집안에는 온갖 쓰레기가 쌓이고
더러워진 집을 치우기 위해서는
예전보다 더 큰 에너지를 써야 한다.

연애를 할 때에도 애인으로서 해야 할 일을 미룬다면
마음에 먼지가 쌓여서 서로에 대한 믿음이 부서진다.

다만 사랑과 청소의 다른 점은
청소는 내가 노력만 하면
언제든 다시 집을 깨끗하게 만들 수 있지만
사랑은 내가 아무리 노력해도 돌이킬 수 없다는 것이다.

연애를 하다보면
엄청 싸우는 시기가 온다

연애를 하다보면 미친듯이 싸우는 시기가 온다.
싸워야 할 일은 폭풍같이 싸우고
안 싸워도 될 일도 꼭 걸고 넘어져서 싸운다.

'우리가 안 맞는 걸까?'
'우리도 한계가 온 걸까?'
헤어짐을 생각하는 물음을 혼자서 계속 반복한다.

하지만 이 시기는, 인연을 끝내야 하는 시기가 아니라
'다름'이 생긴 시기이다.

슬슬 본연의 모습이 나오기 시작했기 때문에
'맞춰나가야 할 때'가 온 것이다.
씌어 있던 콩깍지가 벗겨지고,
숨겨왔던 자신의 모습들이 습관처럼 튀어나오기 때문에
불협화음이 생기는 것이다.
다르게 살아왔기 때문에 거쳐가야만 하는 '과정'일 뿐이지
인연을 끝내야 하는 '결과'가 아니다.

이 시기만 극복하면 다시 화창해질 것이다.

추워도
축구는 하더라

추운 것 싫다고 비 오는 것 싫다고
나와의 약속은 다음으로 미루더니
추워도 축구는 하고, 비가 와도 술은 마시더라.

이래서 안 돼 저래서 안 돼
나와의 약속에는 늘 핑계가 따르면서
네가 좋아하는 것은 이래도 괜찮고 저래도 괜찮더라.

시간을 내서 나를 만나는 것이 아니라
시간이 나서 나를 만나는 것 같다.

나의 애인은
잠이 너무 많다

네가 자고 있어서 연락이 안 되는 줄 알았다.
그래서 연락이 안 될 때면, 자고 있겠거니 생각했다.
그냥 잠이 많은 사람이라고 생각하며 지냈다.

그런데 자기가 해야 할 일은, 자기가 하고 싶은 일은
잠을 줄여서라도 하고야 마는 그 사람의 모습을 보았다.

그 순간,
문득 궁금해졌다.

나와의 연락은 그 사람에게 무엇일까.
해야 할 일도, 하고 싶은 일도, 그 어느 것도 아니었을까.

그래서 내 연락은
항상 '잠'이라는 핑계로 미뤄진 것일까.

말없이 연락이 두절되는
당신에게 하고 싶은 말

내가 연락을 자주 해달라고 너에게 말하는 것은
시시때때로 모든 일을 보고하라는 것이 아니다.

연락이 안 될 것 같으면 무슨 일 때문에 그런 건지
짧게라도 나에게 얘기해달라는 것이다.

그래야 나도 너의 상황을 납득하고 이해할 텐데
아무 말 없이 연락이 끊기면 내 속이 타들어가서
이해할 수 있는 부분도 짜증으로 되받아치게 된다.

나는 네가 왜 연락이 안 되는지
그 이유가 궁금할 뿐이다.

사랑하니까.
그래서 걱정되니까.

연애한 지 1년 정도 지나면
공감하는 글

별것도 아닌 일로
꼬투리를 잡느냐고 짜증을 내지만

별것도 아닌 일조차
지키지 못하는 너에게 짜증이 난다.

지극히 사소한 일로
투정을 부리느냐고 한숨을 쉬지만

지극히 사소한 일조차
신경 못 쓰는 너 때문에 한숨을 쉰다.

이 정도 일로
눈물을 보이느냐고 화를 내지만

이 정도 일로
울게 만드는 너에게 화가 난다.

나와는 달리
너무 태연한 너를 보며

네가 보고 싶을 때마다 심술이 났던 것 같아.

다른 일에 집중도 안 될 만큼 자꾸만 네가 생각나는데
그런 나와는 달리 너는 너무 태연한 것 같아서
이러면 안 되는 줄 알면서도 투정을 부렸던 것 같아.

너에게 전화가 오면 웃으면서 받기로 다짐해놓고
막상 너의 목소리를 들으니까 괜히 토라진 말투로
연락 한 통 하는 게 힘들었냐고 퉁명스럽게 대했던 것 같아.

네가 너무 보고 싶어서 이 시간만을 기다렸는데
갑자기 어린아이가 되어서 너에게 어리광을 부리며
이런 내 마음을 좀 알아달라고 서운함을 표현했던 것 같아.

내 마음을 조절할 수 없을 만큼
너를 좋아해서 그랬어.
나조차도 내가 이해 안 될 만큼
너를 좋아해서 그랬어.

한여름의
사랑

너를 너무 많이 좋아한 내 마음이
우리 사이에 독이 되었나보다.
무더운 한여름처럼 내 마음이 너무 뜨거워서
나랑 멀어지려고 너는 안간힘을 썼나보다.

적당히 거리를 유지하고
내 할 일 하며 지냈어야 하는데,
너에게 마음을 너무 쏟아서 이렇게 되었나보다.

내 전부를 내어줄 만큼,
나는 너를 미련하게 사랑했다.

나의 사랑이 너에게는 치워버리고 싶은 부담이었겠지만
나는 너의 모든 것을 담고 싶을 만큼 너를 좋아했었다.

너에게는 쓸데없는 마음이겠지만,
나에게는 쓸데없는 마음도 행복이었다.

사랑받으려고 발버둥치는
내 모습이 안쓰럽다

나로 인해 점점 지쳐가는
그 사람도 안타깝고
필사적으로 사랑받고 싶어하는
나도 참 불쌍하다.

나에게 확신을 주지 않는
그 사람이 원망스럽고
그 사람을 온전히 믿어주지 못하는
나도 참 한심하다.

이제는 끝내야 하는 관계라는 것을
잘 알고 있으면서도
헤어지는 게 더 힘들 것 같아서
끝내지 못하는 내가 미련스럽다.

나만 정리하면 되는 사이라는 것을
잘 알고 있으면서도
그렇게라도 붙잡고 있는 것을
다행이라고 여기는 내가 비참하다.

너무 사소했던
이별

내가 너에게
헤어지자는 말을 꺼내기까지

우리는 대단한 일들을
겪은 것이 아니었다.

모든 다툼의 원인은
'사소한 것'이었다.

그 사소한 것이
오랜 시간 동안 쌓이고 쌓여서

이제는 감당이 안 될 만큼
커져버린 것이다.

'갑자기'가 아니다.
수많은 시간이 있었다.

너는 그 시간들을
모른 척했을 뿐이다.

헤어지자고 말한 건
나인데

엉켜버린 우리 관계를
풀어보려고 애썼다.

당겨보기도 하고,
늘여보기도 했다.

하지만 온갖 노력을 해도
풀어지지 않기에

나는 결국 끊어버렸다.

헤어지자고 말한 건 나인데
왜 내가 더 아픈 것일까.

분명히 내가 찼는데
왜 내가 차인 기분이 드는 것일까.

끊어버리면 마음이 후련할 줄 알았는데
그것마저도 아니라서 답답하다.

밥은 먹고 일하느냐고
그 사람이 물었다

항상 나만 맞춰주고 있다는 생각에
서운함이 울컥 올라올 때쯤
그 사람의 사소한 행동에 서운했던 마음이 녹아내렸다.
끼니를 거르며 일하고 있는 나에게
아몬드를 툭 건네고 간 일이었다.

내가 끼니를 거르는 것에 아무도 관심을 가져주지 않을 때
오직 그 사람만이 나의 끼니를 걱정해줬다.

생각해보니 그 사람은 알게 모르게
나를 배려해주고 있었다.
늘 나보다 한발 앞서서 닫힌 문을 열어주었고
자기는 힙합을 좋아하면서 내가 좋아하는 발라드를 틀었다.
음식점이나 카페에 가면 항상 나를 안쪽 소파에 앉혔고
몸 상태가 안 좋아 보이면 초코우유를 건네주었다.

너무 사소해서, 너무 익숙해서
'배려'라고 느끼지 못했던 것이었다.
그 사람은 사소한 것까지도 챙겨주는 섬세한 사람이었는데
나의 기대가 높아져서 그 사람의 섬세함이 가려졌던 것이다.

그 사람의 행동이 변한 것이 아니라
내 마음이 변한 것이었다.

헤어지고 나서
쓸쓸함을 느낄 때 드는 여자의 생각

나를 초라하게 하는
그런 사람말고

나의 자존감을 떨어뜨리는
그런 사람말고

내가 소중한 사람임을 자각하게 해주는
그런 사람을 만나고 싶다.

단지 외로워서 누군가를 사귀는
그런 사람말고

즐기기 위해서 누군가를 사귀는
그런 사람말고

곁에 있는 것만으로도 소중함을 느끼는
그런 사람을 만나고 싶다.

오랫동안 연락이 없는 건
내 생각을 안 한다는 것

네가 연락이 늦을 때마다 솔직히 난 불안했어.
나에 대한 마음이 변한 건가, 나와의 연락이 귀찮아진 건가.
연락이 잘 안 되는 사람은 별로라고
주변 사람들도 나에게 핀잔을 줬어.

바빠서 연락을 안 하는 건 핑계라고
정말 좋아하면 연락한다고.
오랜 시간 동안 답장이 없다는 건,
내 생각을 안 하고 있다는 것이라고.
오랫동안 연락을 못할 상황이면 미리 얘기했을 것이라고.

틀린 말이 아니라서 아팠어.
난 바빠도 너에게 연락하니까.

그래도 끝까지 부정하고 싶었어.
너는 아닐 거라고.
분명히 다른 이유가 있을 거라고.
연락의 횟수와 사랑의 크기가 비례하는 것은 아닐 거라고.

넌 날 많이 사랑하는데,
어쩔 수 없는 상황 때문에 연락을 못하는 거라고.
그렇게라도 생각해야 버틸 수 있을 것 같으니까.
그러지 않으면 혼자 발버둥치는 내 사랑이
너무 가여우니까.

그럼
그런 사람 만나

서운한 것이 있으면
언제든지 얘기하라고 해놓고

막상 서운한 것을 말하면
너는 화를 낸다.

"그럼 그런 사람을 만나.
나는 너한테 그렇게 못해줘."

쌓아두지 말자고,
그때그때 다 풀자고

연인 간에 대화는
정말 중요하다고

먼저 얘기한 사람은
너 아니었니?

대화만 하면
죄인이 된다

대화를 해보려고 노력해도,
대화만 하면 내가 죄인이 되니까

'그냥 참고 말지.
그냥 안 하고 말지'

결국 입을 닫고
대화를 포기하게 된다.

'서운한 것이 있으면 대화로 풀자.
불만이 있으면 대화로 풀자'

대화가 중요하다고
얘기했던 것은 너인데

대화만 했다 하면
넌 판사가 되고, 난 죄인이 되니

우리의 대화에 어떤 의미가 있는지
나는 잘 모르겠다.

애정 표현을 안 하는 애인
나를 사랑하지 않는 걸까

사랑을 표현하는 방식은 사람마다 다르다.

온 세상 사람들이 다 알도록 표현하는 사람도 있고
뒤에서 묵묵히 챙겨주며 표현하는 사람도 있다.
표현하는 방식이 다르다고 해서
사랑의 크기가 다른 것은 아니다.

상대방에게 내가 원하는 방식을 강요해서는 안 된다.
내가 원하는 대로 표현해주면
더 큰 사랑을 느낄지도 모르지만
힘들게 노력해서 표현하는 것은
상대방에게 고통만 안겨준다.

지금 당장은 그 사람의 표현에 적응이 안 될지 몰라도
시간이 흐르고 서로에 대해 알고 나면
그 사람만의 애정 표현을 받아들이게 된다.

내가 바라는 틀에 상대방을 가둬놓고
마음의 크기를 재면 안 된다.

당신의 애인은 천사가 아니라
평범한 사람일 뿐이다

상대방을 내가 원하는 대로 바꾸기란 쉽지 않다.
각자 다른 환경에서 살아온 시간이,
서로 알아온 시간보다 기니까.
물론 인간관계라는 것은 양보하며 맞춰나가는 것이지만
맞추는 것도 어느 정도일 뿐, 완벽히 맞추기란 힘들다.

인간관계의 일부인 '연애'도 마찬가지이다.
상대방이 나를 사랑한다는 이유로
내 방식만 고집해서는 안 된다.
당신을 아무리 사랑한다고 해도
당신에게 모든 것을 맞춰줄 수는 없다.
당신의 애인도 평범한 사람이기 때문이다.

이 사실을 인정하고 받아들인다면,
다름의 폭을 좁힐 수 있으며
'날 사랑하지 않아서 그런 거야'라는 생각을
버릴 수 있게 된다.
행복한 연애를 하기 위해서는,
서로가 다르다는 것부터 인정하는 자세가 필요하다.

어른의
연애

어린아이의 연애가 설렘이라면,
어른의 연애는 믿음이라고 할 수 있다.
사랑을 굳게 유지하는 비결은 '믿음'이기 때문이다.

어떤 일이 생겨도 내 편이 되어줄 것이라는 믿음
심하게 다투더라도 웃으며 화해할 것이라는 믿음
긴 시간이 지나도 내 곁에 있을 것이라는 믿음

항상 기분좋은 일만 있을 수는 없다는 것을 인정하고
힘든 순간에도 서로를 놓지 않는 것이
성숙한 연애라고 생각한다.

행복하기 위해서는 그만큼의 노력이 필요하며
깨지지 않기 위해서는 그만큼의 책임이 필요하다.

가끔은 내 것을 포기하며,
상대가 바라는 점을 들어줄 수 있는 것이
조금 더 성숙한 '어른의 연애'가 아닐까.

권태기를
탓하는 건 아닐까

우리에게 찾아온 권태기는,
어쩌면 우리가 만든 것이 아닐까.

서로의 마음을 잘 안다는 이유로 표현을 자주 하지 않고
서로에게 믿음이 있다는 이유로 무심코 약속을 지키지 않은
우리의 잘못 때문에 권태기가 온 것은 아닐까.

각자의 잘못 때문에 이 상황까지 온 것인데
함께 보낸 시간이 길어서 권태기가 온 것이라고
괜히 시간을 탓하며 애써 합리화하는 것은 아닐까.

사랑은 분명히 노력해야 유지할 수 있는 것인데
편해졌다는 이유만으로 노력조차 하지 않았으면서
괜히 권태기를 탓하며 사랑을 부정하고 있는 것은 아닐까.

사소한 것으로
당신에게 서운하다고 표현하는 사람

사소한 것으로
당신에게 서운하다고 표현하는 사람은
이해심이 부족하거나 성격이 삐뚤어진 것이 아니라
그만큼 당신에게 마음을 쓰고 있다는 것이다.

머리보다 마음이 앞서기 때문에
자꾸 서운한 마음이 드는 것이다.

이렇게 마음을 쓰는 사람들은
막상 서운하다고 투정을 부려도
혹시나 나의 투정 때문에 기분이 상하지는 않았을까
뒤에서 혼자 끙끙 앓으며 걱정하는 사람이다.

그러니 그 사람을 속 좁은 사람으로 보는 것이 아니라
당신에게 온 마음을 다하고 있는 사람으로
봐주기를 바란다.

서로의 간격이
좁혀지지 않을 때

서로의 생각이 달라서 부딪치는 일이 생겼을 때
다른 생각을 존중하지 않고 자기 생각만 앞세우다보니까
그냥 토닥거리고 끝날 일도 대판 싸우게 되는 것이다.

듣기 싫은 말이라도, 이해가 안 되는 말이라도
상대방의 말을 충분히 듣고 자신의 생각을 말해야 하는데
상대방의 말을 듣지도 않은 채 자신의 생각부터 밀어붙이니
대화를 하는 것이 아니라 '감정싸움'을 하는 것이다.

서로의 간격이 좁혀지지 않을 때
두 사람의 태도에 따라서
연애가 오래가느냐 마느냐가 결정이 된다.

여기서 대화를 포기하는 커플은
억지로 참으며 침묵하다가 결국에는 헤어지고,
여기서 대화를 맞춰가는 커플은
비록 몇 번의 한계가 오지만 결국에는 극복한다.

사소한 빈틈에 스며든
이별의 예감

서운한 마음이 들 때마다 자책했다.
이렇게 사소한 것까지도
서운해하는 나 자신이 싫었다.

그런데 문득, 그런 생각이 들었다.
분명히 예전에는 서운해하지 않았던 것들인데
왜 이제야 갑자기 서운해진 것일까.

며칠을 고민하다가 그 답을 알게 되었다.
예전에는 서운할 틈도 없이 당신이 나를 가득 채워줬는데
서서히 빈틈이 보이기 시작했고,
그것이 나를 아프게 하는 것이었다.

사소한 것이라고 여기며 그냥 참고 넘어갔던 것들인데
시간이 지나고 겪어온 시간을 되돌아보니
사소한 빈틈이 아니라, 채우지 못할 큰 공허함이었다.

행복하게 연애하고 있는데
헤어짐을 상상하는 이유

행복하게 연애하고 있는데
자꾸 헤어지는 상상을 하는 이유는
당신이 그 사람을 너무 사랑하기 때문이다.

정말 아끼는 장난감이 망가질까봐
꼭꼭 숨겨두는 어린아이처럼
혹시나 이 사랑이 부서질까봐 불안해하는 것이다.
그 누구의 잘못도 아닌 '사랑'이라는 감정의 모습이다.

이별을 상상할 때마다 마음 한가운데가 시리지만
사랑하기 때문에 걱정되는 것이니까
심각하게 생각하지 않아도 된다.

이별에 대한 불안함을 없애려면
사랑에 최선을 다하면 된다.
그러면 당신이 상상하는 이별과 멀어질 수 있다.
내 곁에 있는 사람에게 아낌없이 최선을 다하자.

간절함을 느끼는 쪽은
왜 항상 나일까

내가 너에게 간절했던 만큼
너도 나에게 그만큼의 간절함을 느껴봤으면 좋겠다.

사랑받고 있다는 느낌이 점점 사라져갈 때
밀려오는 불안함을, 애써 외면하려는 그 마음을
너도 나처럼 느껴봤으면 좋겠다.

내가 너에게 불안했던 만큼
너도 나에게 그만큼의 불안함을 느껴봤으면 좋겠다.

나도 모르게 집착하게 되고 잔소리부터 하게 될 때
내 마음을 좀 알아달라고 투정 부려야 하는 그 마음을
너도 나처럼 느껴봤으면 좋겠다.

일방적으로 시작된
연애

네가 말을 하지 않아도 이미 알고 있었어.
처음부터 억지로 시작했던 일방적인 연애였다는 것을.

내가 졸졸 쫓아다니니까
나 좀 좋아해달라고 조르니까
'나 좋다는 사람인데 한번 사귀어보지, 뭐'
가벼운 마음으로 시작한 연애였다는 걸 나도 알아.

그래서 나는 모든 것이 불안했어.
내가 참지 않으면 네가 떠나갈 것 같았어.
네가 다른 사람과 있으면 질투가 났어.

너는 그냥저냥 나를 좋아하는데
나는 네가 없으면 안 될 만큼 너를 사랑하니까
그래서 늘 불안하고, 부족하게만 느껴졌어.

이젠 제발 그만
싸우고 싶다

당신을 생각하며 핸드폰을 쥐고 있는 건
내가 할 일이 없어서도 아니고, 한가로워서도 아니다.

사랑하기 때문에
너의 하루가 궁금한 것이다.

연락 좀 자주 해달라는 말의 의미는
형식적으로 너의 일상을 보고하라는 것이 아니었다.
연애 초반에 보내던 문자메시지처럼
다정하게 너의 얘기를 들려달라는 것이었다.

누구와 싸우는 일은 이젠 정말 그만하고 싶다.
맞춰야 하는 사람이 아니라,
맞춰진 사람을 만나고 싶다.

전 남친에게 연락해도 될까
아직도 미련이 남아 있다면

차라리 그냥 미련이 닳아서 찢어질 때까지 만나라.
예뻤던 추억이 더럽혀지더라도
확실하게 끝낼 수 있는 방법이다.

미련을 버리지 못할 거라면 질릴 때까지 부딪쳐라.
헤어졌다가 다시 만나는 일을
수십 번 해야 끝날 미련이라면
결국 남는 것은 상처뿐이더라도 끊임없이 매달려라.

한 번뿐인 삶에, 한 번뿐인 사랑인데
다른 사람들의 눈치볼 것 없다.

당신의 마음이 움직이는 대로 모든 것을 선택해라.
그것이 내 안에서 살아 숨쉬는 미련을
가장 빠르게 없애는 방법이다.

좋아하는 사람에게
집착하는 이유는 무엇일까

항상 불안한 마음으로 너를 바라봤던 것 같다.

나에게 보여주는 그 예쁜 미소가
단지 다른 사람에게도 보여주는
인사 같은 것일까봐,

나에게 보여주는 그 자상한 마음이
다른 사람에게도 보여주는 그런 흔한 것일까봐,

그래서 나는 너에게 늘 불안함을 느꼈던 것 같다.

내가 너에게 특별한 존재라는 믿음이
나 혼자만의 착각일까봐,
그러다가 결국 착각으로
모든 것이 끝나버릴까봐,
너를 잃기 싫은 마음에 더 집착했던 것 같다.

혼자가 더 낫다고 느낄 때
우리는 이별을 결심한다

혼자 있는 것이 더 행복하겠다는 생각이 들 때쯤
이별을 선택한다.

헤어진 뒤에 다가올 아픔을 온전히 겪어낼 자신은 없지만
그래도 이렇게는 안 되겠다 싶어서
헤어짐을 결심하는 것이다.

연애도 아프고 이별도 아프니까,
둘 중에 그나마 이별이 나은 것 같기에

쓰린 속을 억지로 삼키며
헤어짐을 선택하는 것이다.

헤어지고 싶어서 헤어지는 것이 아니라,
헤어져야 하기에 헤어지는 것이다.

이대로 사귀어도 시간 낭비일 뿐,
결국 헤어진다는 것을 알기 때문이다.

약속
삼십 분 전 취소

데이트 약속 시간 삼십 분 전,
급한 약속이 생겼다는 너의 연락에
나는 괜찮다며 웃어 보였다.
일주일 전부터 기다렸던 약속을
방금 생긴 약속에 양보했다.

사실 너에게 괜찮다고 말했지만,
나는 괜찮지 않았다.

너에게 잘 보이고 싶어서 화장도 평소보다 예쁘게 하고
평소에 입지도 않던 블라우스를 다리미로 다려서 입고
굽 높은 구두에 발뒤꿈치가 까질까봐 밴드까지 붙였다.

너 한 사람을 만나기 위해서
잠깐 얼굴 한번 보기 위해서
내가 이런 노력을 했다는 걸 넌 절대로 모르겠지.

헤어지는 순간까지도
너는 몰랐으니까.

이제 나 자신을 위해
있는 힘껏
살아보려고

5 부

기다리고 애타는 입장이 얼마나 고통스러운지 올의 사랑은 끝난 뒤에도 '을'일 수밖에 없었다 고맙
고 또 고마웠어 연락할 용기가 없어서 못하고 있는 것이 아니다 삶이 힘들고 지칠 때 문득 드는 생
각들 당신과 헤어지고 나서 후회하는 것 세 가지 헤어짐을 말할 수밖에 없었어 너의 온기가 그립
다 삭제하시겠습니까 다시 내 품에 안겨도 돼 나 자신을 지우는 게 더 힘들었다 이별은 가까이
에 연애는 둘이 하는 건데 왜 나는 혼자 하고 있는 걸까 결국 우는 건 나더라 지울 수도 치울 수
도 없는 헤어졌는데도 너의 하루가 궁금하다 모든 걸 내어줄 수 있는 사람 사랑을 받아본 적이
없어서 어떻게 줘야 하는지 몰랐다 열리지 않는 문 앞에서 헤어지고 시간이 흐른 뒤 문득 드는 생
각들 쉬운 이별은 없다 첫사랑은 왜 이루어지지 못하는 걸까 내가 싫어서 떠난 사람 보고 싶은
데 보고 싶지 않다 헤어질 때 가장 비겁한 태도는 무엇일까 더도 말고 덜도 말고 딱 내 마음만큼만
붙잡지 않는 이유 이별 통보 문자를 받다 널 그리워하는 건 맞지만 다시 사귀고 싶은 건 아냐

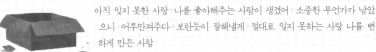

아직 잊지 못한 사랑 나를 좋아해주는 사람이 생겼어 소중한 무언가가 남았
으니 어루만져주다 보란듯이 잘해낼게 절대로 잊지 못하는 사랑 나를 변
하게 만든 사람

기다리고 애타는 입장이
얼마나 고통스러운지

꼭 너보다 더한 사람 만나서 나보다 더 아프기를.
너의 순위가 다른 것들에 밀려나는 비참함을 배워보기를.
기다리고 애타는 입장이 얼마나 고통스러운지 겪어보기를.

나에게 관심 좀 가져달라며
투정 부리는 아이가 되어보기를.
아무리 어르고 달래도
너의 말이 통하지 않음에 씁쓸해지기를.
사랑하는 사람의 눈치를 보는 기분이
어떤 것인지 느껴보기를.

둘이라서 더 외롭다는 말이 무엇인지 깨닫기를.
내가 이해가 안 된다며 짜증냈던 너의 모습을 반성하기를.
나 같은 사람 없었다며 돌이킬 수 없는 시간을 후회하기를.
나에게 새로운 애인이 생기면 어떡하나
조마조마하며 불안해하기를.

나에게 다시 연락할까 말까
잠 못 이루며 수백 번 고민하기를.

을의 사랑은 끝난 뒤에도
'을'일 수밖에 없었다

우리의 추억이 그대에게 아프게 다가가기는 할까요.
나 때문에 잠도 못 자며 힘들어하기는 할까요.
연락을 해서 붙잡아볼까 고민이 들기는 할까요.
문득 내 생각이 나서 마음이 시큰해지기는 할까요.

이 모든 물음에 자신 있게 대답할 수 없네요.

너무 잘 지내지는 말아줘요.
조금이라도 좋으니까 힘들어했으면 좋겠어요.
너무 잘 지내면 서운할 것 같거든요.

사귈 때도 나만 힘들었는데
헤어진 뒤에도 나만 힘들면
그때의 내가 너무 가여우니까.

그러니까 조금만, 아주 조금만 힘들어해줘요.
그 정도면 나는 되었어요.

고맙고
또 고마웠어

이제야 솔직히 말하는 것이지만,
난 우리가 영원할 줄 알았어.
네가 나에게 특별하고 내가 너에게 특별하니까
너와 내가 헤어질 일은 없을 줄 알았어.

그래서 이별을 계속 부정했어.
다시 만날 거라고 믿었어.

그런데 시간이 지날수록 우리가 정말 끝났다는 게 느껴지니까
말로는 도저히 표현할 수 없는 수만 가지 감정이 들더라.

우리가 이렇게 되어버린 게 모두 네 탓 같았어.
그래서 너를 미워해보기도 하고, 너의 불행을 빌기도 했어.
꼭 너 같은 사람 만나서 아파하기를 바랐어.

그런데 한때 사랑했던 네가 불행하게 사는 것을 상상해보니
마냥 즐겁지 않더라.
오히려 안쓰러운 마음만 들더라.

그래서 난 오늘도 너의 불행과 행복을 빌어.

그동안 정말 고마웠어.
이 말을 꼭 전해주고 싶었어.
고맙고, 또 고마웠어.

연락할 용기가 없어서
못하고 있는 것이 아니다

그 사람과 헤어진 '이유'는 중요하지 않다.
어쨌든 당신은 그 사람에게 헤어져야 하는 '이유'보다
못한 존재라는 것이기 때문이다.

지금까지도 당신에게 연락이 없다는 것은
당신이 가끔씩 생각나기도 하지만
연락해서 붙잡을 만큼은 아니라는 것이다.

당신이 그 사람을 미워하다 그리워하고 있을 시간에
그 사람은 자기 할 일 하면서
즐거운 하루를 보내고 있을 것이다.

먼저 연락할 용기가 없어서
당신에게 연락을 못하는 것이라고 생각하지 마라.

당신에게 정말 간절했다면,
없는 용기를 억지로 쥐어짜서 연락했을 것이고
자존심을 굽혀서라도 미안하다고 말했을 것이다.

그러니까 그 사람의 연락을 기다리지 마라.

삶이 힘들고 지칠 때
문득 드는 생각들

어떤 일로 웃어야
행복하다고 말할 수 있을까.

얼만큼 확신이 들어야
자신 있다고 말할 수 있을까.

어디서 머물러야
편안하다고 말할 수 있을까.

몇 번을 울어야
견뎌냈다고 말할 수 있을까.

어떻게 행동해야
떳떳하다고 말할 수 있을까.

무슨 말을 들어야
괜찮다고 말할 수 있을까.

언제까지 후회해야
할 만큼 했다고 말할 수 있을까.

얼마나 지나야
잊었다고 말할 수 있을까.

당신과 헤어지고 나서
후회하는 것 세 가지

너와 헤어지고 나서 후회하는 것이 하나 있다면
너를 만나면서 내 모습을 잃은 것이다.

왜 그렇게까지 하면서 너에게 맞췄을까.
왜 나를 포기하면서까지 너에게 길들여졌을까.
왜 내 취향을 바꾸면서까지 너에게 스며들었을까.

이미 너는 떠나고 없는데
내 곁에는 아무도 없는데

너를 만날 때의 습관이 아직도 남아서
그 습관들이 매일 나를 괴롭힌다.

헤어짐을
말할 수밖에 없었어

너랑 사귀고는 있지만 솔직히 나 많이 외로웠어.
관심을 달라고 아무리 말해도
넌 그냥 투정으로만 받아들이더라.

난 벼랑 끝에 서 있는데 넌 너무나도 태연했어.
그 모습이 마치 네가 나를
잡은 물고기 취급하는 것 같았어.

예전과 달라진 너의 모습을 보니
참을 수 없을 만큼 비참하더라.
그래서 난 너와의 헤어짐을 준비하기 시작했어.

그 아픈 순간에도 나는 온갖 생각이 들더라.
내가 헤어지자고 말했는데 넌 아무렇지 않으면 어떡하나.
나를 붙잡을까 말까 고민조차 안 하면 어떡하나.
이별하는 상상을 끝없이 했어.
그때마다 수없이 울었어.

도저히 안 되겠다 싶을 때까지
온 힘을 다 쓰고 나서야 내 마음에서
헤어지자는 말이 무심히 툭 나오더라.

난 이랬는데, 넌 어땠니.

너의 온기가
그립다

어떤 싱거운 말이라도 괜찮으니
너에게 연락이 왔으면 좋겠다.
사소한 대화 속에서 느껴지는 너의 온기가 그립다.

만약 너에게 연락이 온다면 나는 무슨 말부터 해야 할까.
낙엽 지던 그 길이 여전히 예쁘다고,
우리의 추억도 여전히 예쁘다고.
아직도 내 옆자리는 비어 있으니 언제든 돌아와도 된다고.
그동안 속으로 삼켰던 말들을
네 앞에서 내뱉어도 되는 것일까.

나의 어설픈 미련이 너를 힘들게 한다는 걸 알지만
그래도 난 어쩔 수 없이 그 미련으로 너를 붙잡고 싶다.

삭제
하시겠습니까

'삭제' 버튼을 누르면 1초도 안 되어서 지워진다.
하지만 '삭제하시겠습니까?'라는 물음을 볼 때마다
내 마음은 아직도 '아니요'를 선택한다.

그래서 나는 너의 사진을 지우지 못하고 있다.
사진을 지워봤자 어차피 기억 속에 있는데
무슨 의미가 있겠냐는 자기 합리화를 한다.

시간이 꽤 지났지만 나는 여전히 '아니요'이다.
너를 잊는 것도, 추억을 지우는 것도
내 마음은 '아니요'를 선택한다.

다시 내 품에
안겨도 돼

나를 떠나는 당신의 뒷모습마저도
두 눈에 담으려고 애썼다.
그 모습까지도 사랑했으니까.

이젠 남보다 못한 사이가 되었지만,
그래도 말해주고 싶다.
아직도 나는 당신을 사랑하고 있다고.
내 옆자리는 항상 비어 있을 테니
언젠가 힘들고 지칠 때, 다시 돌아와서 기대도 된다고.

나를 뿌리치는 당신의 손길에서도
온기를 느끼려고 했었다.
그 모습까지도 사랑했으니까.

이젠 안부조차 묻지 못하지만, 그래도 말해주고 싶다.
아직도 나는 당신을 기다리고 있다고.
내 마음은 당신으로 채워져 있으니
언젠가 힘들고 지칠 때, 다시 내 품에 안겨도 된다고.

나 자신을
지우는 게 더 힘들었다

헤어지고 나서
가장 힘들었던 것은

내가 사랑했던
그 사람을 잊는 것보다

그 사람을 사랑했던
내 모습을 지우는 것이었다.

그 사람 때문에 생겼던
나의 습관들

그 사람 때문에 맞췄던
나의 생활 패턴

그 사람 때문에 익숙해졌던
나의 애칭

그 모든 것을 지우는 것이
더 힘들었다.

이별은
가까이에

이별은 내가 생각했던 것보다
가까이에 있었다.

어느 순간 몰아치듯이 싸우다가
그렇게 이별을 맞이해버렸다.

평소처럼 토닥거리며 싸운 것뿐인데
그게 자존심 싸움으로 번져서
나는 이별을 말했고, 너는 붙잡지 않았다.

어쩌면 나도, 너도 예상치 못했던 이별이었다.
사랑이라는 것이 참 허무해서
추억이라는 것이 참 씁쓸해서
헤어졌다는 것을 느낄 때마다 자꾸 헛웃음이 나왔다.

너에게 사랑을 배운 것처럼,
너에게 이별을 배우고 있다.

연애는 둘이 하는 건데
왜 나는 혼자 하고 있는 걸까

너를 포기하기에는
네가 너무 좋고
그렇다고 너를 붙잡고 있기에는
내가 너무 힘들다.

어쩌면 너와 나는
연애를 하고 있는 것이 아니라
'헤어짐의 연장선'에서
머무르고 있는 것은 아닐까.

넌 이미 떠나고 없는데
나 혼자 서 있는 것은 아닐까.
앞으로 나아가지도,
뒤로 물러서지도 못한 채.

결국 우는 건
나더라

그렇게 안간힘을 써서 붙잡고 있어도
결국 갈 사람은 가더라.
모든 걸 다 바쳐서 잘해줘도
결국 버려지는 건 마찬가지더라.

주는 사람의 마음보다 받는 사람의 마음이
결국 더 중요한 것이더라.
그 사람에게 정말 잘해줬는데도
못해준 것만 기억에 남아서
결국 후회만 되새김질하고 있더라.

더 많이 사랑한 쪽이
잊어야 할 추억이 더 많아서
결국 우는 건 나더라.

헤어지고 나서 시간이 지나면
덜 사랑한 쪽이 더 아프다는 말은
결국 다 거짓말인 것 같더라.

지울 수도
치울 수도 없는

제일 먼저 같이 찍었던 사진들을 지웠어.
그리고 앨범에 저장해뒀던 카톡 대화창 캡처를 삭제했어.

받았던 선물들을 상자에 담고
안 보이는 구석으로 밀어넣었어.
그다음은 핸드폰 번호를 지우고 카톡 친구를 차단했어.

그러고는 이불을 뒤집어쓰고 눈이 퉁퉁 붓도록 울었는데
여전히 네가 선명하게 남아서 지워지지가 않았어.

어떻게든 널 잊어보려고 모든 걸 다 숨겼는데
오히려 눈에서 안 보이니까 마음속에서 더 아른거리더라.

머릿속에 남아 있는 추억들은
지울 수도, 치울 수도 없더라.

헤어졌는데도
너의 하루가 궁금하다

헤어졌는데도
너의 하루가 궁금하다.

네가 누구랑 있는지
어디가 아픈 건 아닌지

울고 있지는 않은지
밥은 잘 챙겨 먹고 다니는지

이젠 더이상 알 수 없는 사이가
되었다는 게 슬프다.

서로의 하루를
가장 잘 알던 사이였는데

이제는 알 자격조차 없다는 사실이
견딜 수가 없다.

헤어졌는데도
너의 하루가 여전히 궁금하다.

모든 걸
내어줄 수 있는 사람

흘러가는 시간이 아까울 만큼, 당신을 사랑했었어.

사랑이 완성된 모습을 보지 못해서 속상하지만
완성되지 못한 모습을 부정하고 싶지는 않아.

후회하지 않아.
덕분에 나도 많이 성장했는걸.

모든 것을 내어줄 수 있는,
좋은 사람을 만나기를 바랄게.

마음속에 묻어두고 살게.
가끔씩 꺼내볼 수 있게.

흘러가는 시간이 아까울 만큼
당신을 정말 많이 사랑했었어.

올해는 당신으로 가득 차 있었어.
그래서 너무 행복했어.

고마워, 안녕.

사랑을 받아본 적이 없어서
어떻게 줘야 하는지 몰랐다

사랑을 받아본 적이 없어서
어떻게 줘야 하는지도 몰랐다.

온 마음을 다해서 잘해주는 것이
사랑인 줄 알았다.

그래서 마음 가는 대로
무턱대고 잘해줬다.

있는 그대로 진심을 표현했더니
나를 질려했다.

더이상 내가 궁금하지 않다며
나의 곁을 떠나갔다.

힘겨울 만큼 잘해줬는데도
떠나가는 것을 보면

사랑은 좋아하는 마음 하나로
되는 게 아닌 것 같다.

열리지 않는
문 앞에서

말을 해줘야 안다고 하지만,
말을 해줘도 모르니까 헤어짐을 생각하는 것이다.

화를 내보기도 하고 애교를 부려보기도 하고
몇 장의 편지를 써보기도 하고
장문의 카톡을 보내기도 했다.

아무리 노력해도 내 마음을 몰라주니까
알고 싶어하지도 않으니까
내가 할 수 있는 선택이 단 하나밖에 없었던 것이다.

할 만큼 하고 포기한 것이다.
절대로 쉽게 놓은 것이 아니다.

아무리 두드려도
열리지 않는 문 앞에 서 있는 기분을,
겪어보지 않은 사람은 절대 모른다.

헤어지고 시간이 흐른 뒤
문득 드는 생각들

너를 좋아하는 마음이 남아 있어서 보고 싶은 것인지
그때 그 시절에 미련이 남아 있어서 보고 싶은 것인지
아직도 나는 잘 모르겠어.

다시 만나고 싶은 마음에 너를 그리워하는 것인지
너와 순수하게 연애하던 내 모습을 그리워하는 것인지
정말로 나는 잘 모르겠어.

나를 행복하게 해줬던 너라는 존재가 간절한 것인지
재지 않고 누군가를 좋아했던 내 마음이 간절한 것인지
솔직히 나는 잘 모르겠어.

쉬운 이별은
없다

마음속에 방울방울 맺힌 너에 대한 감정은
얼마나 더 시간이 흘러야 옅어지는 것일까.

기억 속에 그렁그렁 맺힌 너와의 추억은
얼마나 더 눈물을 흘려야 지워지는 것일까.

그만할 때도 되었는데
무뎌질 때도 되었는데
너와 비슷한 뒷모습만 봐도 심장이 내려앉는다.

이별은 횟수와 상관없이 똑같이 힘들다.
쉬운 이별은 없다.

첫사랑은 왜
이루어지지 못하는 걸까

비가 엄청 쏟아지던 어느 가을날,
나는 첫사랑을 만났다.
우산이 없어서 속상해하던 나에게
"우산 안 가져왔어요?"라고 말을 건네던
따뜻한 사람이었다.
알고 보니 그 사람은 같은 학원에 다녔고,
강의를 들을 때 옆 분단에 앉던 사람이었다.

그날 나는, 그 사람과 같이 하나의 우산을 썼다.
그 사람은 내 오른쪽에 서서 걸어갔다.
우산 손잡이를 쥐고 있던 왼손이 예뻤다.
그 위에 내 손을 포개어 잡고 싶을 만큼.

그날 이후로, 그 사람과 나는 학원에서 만나면
눈인사를 하는 사이가 되었다.
저녁을 김밥으로 때우고 있으면
그 사람은 내가 좋아하는 음료수를 건네주었고,
내가 다 먹을 때까지 옆에 있어주었다.
그렇게 그 사람과 나는 가까워졌고,
"손 잡아도 돼요?"라는 그 사람의 물음으로
우리는 연애를 시작하게 되었다.

말로만 듣던, 첫사랑이었다.

그때는 스마트폰이라는 것이 없어서
연락 한 통이 더 애틋했던 것 같다.
하고 싶은 말은 많은데 다 쓸 수가 없으니
80자 이내로 어떻게든 맞추려고
글자를 지워도 보고, 줄여보기도 했다.
주고받았던 문자 하나가 소중해서
문자보관함에 넣어두었고,
100개가 넘어가면 어떤 걸 지워야 하나
하루종일 고민하기도 했다.
정말 무신경하던 내가
그 사람의 사소한 것 하나까지도 담으려 노력하고 있었고
그렇게 무뚝뚝하던 내가
그 사람의 기분을 풀어주려고 애교를 배웠다.

하지만 그렇게 영원할 것만 같았던 내 첫사랑에도
슬슬 금이 가기 시작했다.
모든 게 처음이었던 우리였기에
처음 느껴보는 이 감정들을 어떻게 표현해야 할지 몰랐다.
사랑하는 마음은 어떻게 보여줘야 하는지
고마운 마음은 어떻게 전해야 하는지
서운한 마음은 어떻게 풀어야 하는지
화가 나는 마음은
어떻게 표현해야 하는지 하나도 몰랐다.

그 사람도 나도 뭐든지 참는 성격이었기에
서로에 대한 불만을 얘기하지 않았다.
내가 참으면, 나만 참으면
문제가 생기지 않을 거라고 생각했다.
서로가 서로를 위해서 참고 배려하다가
사랑하는 마음에 대한 오해가 생겼다.

분명히 화를 내야 할 상황인데
그냥 넘어가는 상대방의 모습을 보고
상대방이 나를 신경쓰지 않는다고 생각했다.
그렇게 오해가 계속 쌓였고, 결국 나는 이별을 고했다.

처음 해보는 이별이었다.
분명히 내가 헤어지자고 얘기한 건데
그 사람이 싫어져서 내가 그만둔 건데
왜 슬픈지, 왜 눈물이 나는지 몰랐다.
달리는 버스조차 갑갑하게 느껴져서
한 시간 동안 걸어서 집에 갔다.
집에 도착하니 슬픔이 허무함으로 바뀌었다.
우리가 사귀어온 그 오랜 시간이,
내 한마디면 바로 끝날 수 있다는 사실이
받아들여지지 않았다.

우리가 헤어지던 날은
그 사람이 내게 처음으로 우산을 씌워줬던 날처럼
그렇게 비가 내리고 있었다.
내리는 비가 잊어야 하는 그 사람을
더 떠오르게 했다.

비가 미웠다.
그렇게 내 첫사랑은 나의 서투름 때문에
미완성으로 끝났다.

시간이 꽤 지난 지금도 문득 첫사랑이 생각날 때가 있다.
내가 사랑했던 그 사람과
내 감정을 어떻게 표현해야 할지 모를 정도로
서툴렀던 그때의 내가.

다른 사람의 첫사랑은 어땠는지 모르지만
적어도 내 첫사랑은 그랬다.
정말 소중해서, 잃기 싫어서 오히려 조심스러웠다.
엄마가 사준 장난감이 너무 소중해서
혹시나 만지면 부러질까봐
책상 위에 올려두고 그냥 바라보기만 했던 것처럼.

만약 그때 내가 참지 않았다면
그 사람이 참지 않았다면
우리의 사랑이 그렇게는 안 끝났을까.
오늘처럼 비가 오는 날에는
문득 의미 없는 후회가 들곤 한다.

내가 싫어서
떠난 사람

내가 싫어서 떠난 사람을 기억 속에서 붙잡고 있지 말자.
내 가치를 알아보지 못해서 나를 버린 것이다.

내가 최선을 다해 사랑할수록
나를 가벼이 여기던 사람이다.

고마움을 모르는 사람에게 마음 쓸 필요 없다.

자신을 사랑해주는 사람을 만나는 것이
얼마나 귀한 일인지 모르니까
나를 소홀히 여긴 것이며, 뒤도 안 돌아보고 떠난 것이다.

나말고 다른 사람을 찾기 위해
나를 짓밟고 떠난 사람이다.

이제까지 사랑하는 감정에 충실했다면,
지금은 이별하는 감정에 충실하자.

보고 싶은데
보고 싶지 않다

보고 싶은데
마주치고 싶지는 않고

행복하기를 바라지만
가끔은 힘들어했으면 좋겠다.

목소리가 듣고 싶은데
막상 연락하고 싶지는 않고

돌아오기를 바라지만
다시 사귀고 싶지는 않다.

다시 만나봤자
달라질 게 없다는 걸 아니까.

어차피 마음고생만 하다가
끝날 것을 아니까.

그래서 보고 싶지만,
보고 싶지 않다.

헤어질 때
가장 비겁한 태도는 무엇일까

네 입으로 헤어지자는 말을 꺼내기 싫어서
내가 헤어지자고 얘기하게끔 상황을 만드는
너의 그 비겁한 태도에 기분이 나빴다.

나쁜 사람이 되기 싫어서
책임을 회피하는 그 모습 때문에
이때까지의 시간들이 아깝다고 느껴질 정도였다.

헤어지자고 말한 것은 나지만,
버림받은 것은 나였다.

넌 충분히 나빴고, 잔인했다.

더도 말고 덜도 말고
딱 내 마음만큼만

앞으로 네가 어떤 사람을 만나든 나보다 너를 더
좋아해주는 사람을 만나는 것은 어려울 거야.

너를 진심으로 사랑해주는 사람에게
고마워할 줄 모르던 너였으니까.
자신을 좋아해주는 사람이 있다는 게
얼마나 귀한 일인지 모르던 너였으니까.

너도 누군가를 만나다보면
지금의 내 입장이 될 때가 있을 거야.
미치도록 애가 타는, 항상 기다리는 입장이랄까.

그때, 내 마음이 어땠을지 느끼고
나에게 미안한 마음을 가졌으면 좋겠어.
다시 돌아오라는 건 절대 아니야.
그 힘들었던 연애를 어떻게 또 하겠어.

다만, 안쓰러웠던 그때의 내 마음을
느껴봤으면 좋겠다는 거야.

내가 아파했던 만큼 너도 아파하기를 바랄게.
내가 힘들어했던 만큼 너도 힘들어하기를 바랄게.

더도 말고, 덜도 말고 딱 그만큼만.

붙잡지 않는
이유

헤어진 인연을 다시 붙잡지 않는 이유는
그 사람을 더이상 그리워하지 않아서가 아니다.

다시 사귀어도 똑같다는 걸 알기 때문이다.
한 번 놓았던 손을 다시 놓는 것은 어렵지 않기 때문이다.
어차피 똑같은 이유로 헤어질 것을
뻔히 알고 있기 때문이다.

고쳐질 것이었다면 헤어지기 전에 고쳤을 것이기에
아니 어쩌면, 그 이유로 헤어지지 않았을 것이기에

미련이 남아도,
아직 마음이 아파도
다시 연락해서 붙잡지 않는 것이다.

이별 통보
문자를 받다

조그마한 스마트폰으로 모든 것을 할 수 있는 시대이지만
문자로 이별을 통보하는 것은 하면 안 되는 행동이다.

그동안 쌓아왔던 수많은 추억들을
고작 문자 한 통으로 지울 만큼
짧은 시간을 보낸 것도 아니었고,
가벼운 사이도 아니었으니까.

헤어짐을 말하는 것은 누구에게나 어려운 일이다.
하지만 헤어져야겠다는 생각이 상대방보다 먼저 들었다면
갑작스러운 이별 통보에 당황했을 상대방도
배려해주는 것이 예의이다.

그냥 그렇게 문자 한 통 보내놓고
모든 것을 정리하라고 말하는 것은
너무나도 잔인한 행동이고,
예의 없는 이별이다.

널 그리워하는 건 맞지만
다시 사귀고 싶은 건 아냐

내가 아직도 너를
잊지 못한 것은 사실이지만

네가 다시 나에게로
돌아오기를 바라는 건 아니다.

내가 아직도 모든 것을
정리하지 못한 것은 사실이지만

추억을 정리하지 못한 것이지
너를 정리하지 못한 것은 아니다.

내가 아직도 이별 때문에
울고 있는 것은 사실이지만

내 사랑이 가여워서 우는 것이지
너 때문에 우는 것은 아니다.

내가 아직도 잠들기 전에
외로움을 느끼는 것은 사실이지만

빈자리에 공허함이 드는 것이지
너로 채우고 싶은 것은 아니다.

아직 잊지 못한
사랑

그 사람을 잊었다는 생각이 드는 것은
어쩌면 그 사람을 더 못 잊었다는 증거는 아닐까.

그 사람을 기억 속에서 완전히 지웠다면
그 사람을 잊었다는 생각조차 안 들 테니까.

그 사람을 잊는다는 것은
정말로 그 사람을 까맣게 지워버리는 것이 아니라
그 사람이 생각나도 담담하게 받아들일 수 있다는 것.

딱 그 정도의 마음이
아닐까 생각한다.

나를 좋아해주는
사람이 생겼어

나를 좋아해주는 사람이 생겼어.
괜찮은 사람인 것 같아.
그래서 나는 이제 새로운 사랑을 시작해보려고 해.

그 사람도 그때의 너처럼
우리 꼭 헤어지지 말자며 약속하더라고.
그때 네가 했던 약속은 믿었는데,
그 사람의 약속은 믿어지지가 않더라.
영원을 약속했던 우리는 헤어졌고
지금은 남남이 되었으니까.
그 사람도 그때의 너랑 다를 것이 없다는 생각이 드니까.

상처받을 걸 알면서도 나는 한번 더 용기를 내보려고 해.
괜찮은 사람이 다가왔는데
무섭다고 도망가는 건 바보니까.

그 사람은 나를 많이 웃게 해줘.
내가 힘들지 않도록 많이 챙겨주고.

그래도 아주 가끔씩은
너를 만날 때가 생각나더라.

그땐 네가 참 나빠 보였어.
항상 나를 힘들게 했으니까.
그런데 헤어지고 나서 든 생각인데,
나도 잘한 건 없더라.
솔직히 내 잘못도 많았어.

그동안 고마웠어,
내 마음에 살아줘서.

너도 꼭 좋은 사람 만나.
혼자 있지 말고.

소중한
무언가가 남았으니

비록 지금은 사랑이 부서지고 추억이 바랬더라도
그땐 분명히 눈부실 정도로
우리의 모습이 아름다웠으니
나는 그것만으로도 충분히 의미 있다고 생각한다.

비록 지금은 인연이 끊어지고 약속이 무의미해졌더라도
기억 속에 예쁜 풍경 하나를 간직할 수 있으니
나는 그것만으로도 충분히 가치 있다고 생각한다.

아직도 마음이 아프지만,
가슴속에 소중한 무언가가 남았으니
나는 그것만으로도 괜찮다고 말할 수 있다.

319

어루만져주다

지난날을 돌아보니,
그때의 너는 참 힘들었겠구나.

너의 마음을 어루만져주지 못한
나의 못난 손이 원망스럽다.

그때는 내가 너무 힘들어서,
그래서 내가 힘든 것만 보여서

너의 힘듦이
보이지 않았다.

여린 마음으로 혼자 힘들어했을
너를 생각하니 괴롭다.

차마 말하지 못했을 너의 외로움을
이제야 알게 되어서 속상하다.

보란듯이
잘해낼게

어른이 되어갈수록
상처가 더 많이 새겨지지만
그래도 난 그 아픔을 잘 극복하는 사람이 될게.

앞으로 나아갈수록
주저앉고 싶을 때가 많아지지만
그래도 난 지치지 않고 걸어가는 사람이 될게.

높은 곳을 향할수록
울고 싶은 날이 많아지지만
그래도 난 눈물을 닦고 미소 짓는 사람이 될게.

소중한 것들을 가질수록
잃을까봐 두려움이 커지지만
그래도 난 무너지지 않고 이겨내는 사람이 될게.

보란듯이 잘해낼게.
지치지 않을게.

절대로 잊지 못하는 사랑
나를 변하게 만든 사람

아무리 시간이 지나도 잊지 못할 것 같은 사랑은
첫사랑이나 마지막 사랑이 아닌
나에게 새로운 기억을 선물해준 사랑이다.

'내가 이렇게 변할 수 있구나. 내가 이런 사람이구나'
나도 몰랐던 내 모습을 그 사람이 알게 해줬고
'이런 감정도 있구나. 행복이란 게 이런 것이구나'
한 번도 느끼지 못했던 감정을
그 사람이 경험하게 해줬다.

그 누구도 그 사람과의 추억을 덮지 못할 만큼
그 사람이 나에게 완전히 새로운 세상을 선물해줬기에
그 순간에 느꼈던 감정들이 그리워서 잊지 못하는 것이다.

사연을 읽어주는 여자

그 . 사 람 이 . 나 를 . 아 프 게 . 한 다

ⓒ조유미 · 빨간고래 2016

1판 1쇄 2016년 6월 9일
1판 12쇄 2017년 9월 29일

지은이 조유미
그린이 빨간고래
펴낸이 염현숙

기획 이연실 우영희 김은지 ○ 책임편집 이연실 ○ 편집 김봉곤 ○ 디자인 이보람
마케팅 정민호 박보람 우상욱 ○ 홍보 김희숙 김상만 이천희
제작 강신은 김동욱 임현식 ○ 제작처 한영문화사

펴낸곳 (주)문학동네
출판등록 1993년 10월 22일 제406-2003-000045호
임프린트 아욱름
주소 10881 경기도 파주시 회동길 210
전자우편 editor@munhak.com ○ 대표전화 031)955-8888 ○ 팩스 031)955-8855
문의전화 031)955-3576(마케팅) 031)955-2651(편집)
문학동네카페 http://cafe.naver.com/mhdn ○ 트위터 @munhakdongne

ISBN 978-89-546-4084-8 03810

www.munhak.com